빨강 머리 앤과
함께하는 영어

Anne of Green Gables

빨강 머리 앤과 함께하는 영어

조이스 박 지음

북하우스

차례

들어가며

『빨강 머리 앤』은 루시 모드 몽고메리가 19세기 중반 캐나다를 배경으로 쓴 소설로, 엄밀히 따지자면 총 여섯 권의 앤 시리즈 중 첫 번째 책을 말한다. 사람들과 어울리는 것을 그리 좋아하지 않는 매튜 커스버트와 마릴라 커스버트 남매가 농장의 일손이 부족해 고아 소년을 입양하려다가, 실수로 열한 살의 빨강 머리 고아 소녀 앤 셜리를 입양하면서 벌어지는 일을 다루고 있다.

각각 60대와 50대인 남매 둘이서만 수십 년을 살던 초록 지붕 집에 감성 풍부한 몽상가 소녀 앤이 오게 되면서 일어나는 변화와 그녀의 성장담이 따뜻하게 그려진 이 소설은, 1908년 출간된 이후 백 년 넘게 많은 사랑을 받으며 애니메이션과 영화 및 드라마로 만들어지기도 했다.

『빨강 머리 앤』 시리즈는 앤이 어린 소녀였던 시절부터 할머니가 된 모습까지를 그리고 있는데, 앤의 자녀와 손녀들 이야기에 비중을 둔 책들도 있다. 그중 첫 번째 권인 『빨강 머리 앤』의 원제는 'Anne of Green Gables'로, '녹색 박공牔栱 집의 앤'이라는 뜻이다. '박공'(gable)은 정확하게 말하자면 지붕 전체를 가리키는 단어는 아니고, 뾰족하게 세모로 솟은 부분을 말한다.

이 소설의 배경이 되는 프린스에드워드섬은 대서양에 면한 캐나다의 가장 동쪽 영토인 노바스코샤주 위쪽에 자리하고 있다. 조용하고 목가적인 섬으로 특히 골프 코스로 유명하며, 1979년 일본의 다카하타 이사오가 감독하고 미야자키 하야오가 장면 설정을 맡은 동명의 애니메이션이 크게 히트를 친 이후로는 『빨강 머리 앤』 관광지로도 각광받고 있다. 근래에는 넷플릭스가 이 작품을 드라마 시리즈로 만들면서 『빨강 머리 앤』 팬층에 새로운 세대들이 편입되고 있다.

이 책에서는 『빨강 머리 앤』 시리즈 중 1권의 줄거리를 따라가면서 주옥같은 영어 표현들을 골라 소개하려고 한다. 각 장의 주요 사건과 해설을 읽으면서, 놓치기 아까운 영어 표현들은 원어로 감상해볼 수 있는 기회가 될 것이다.

어린 시절, 소녀들이라면 누구나 한 번쯤은 앤 셜리의 이야기에 감정이입을 해보았을 것이다. 말의 힘으로 자신의 세계를 꾸려가며 씩씩하게 앞으로 나아가는 앤의 모습에서 많은 힘을 얻기도

했을 것이다. 우리를 울리고, 웃기고, 위로하며 격려했던 앤의 말들을 다시 현실로 불러본다.

"Isn't it splendid to think of all the things there are to find out about? It just makes me feel glad to be alive—it's such an interesting world. It wouldn't be half so interesting if we know all about everything, would it? There'd be no scope for imagination then, would there?"

"앞으로 알아낼 그 모든 것들을 생각하면 멋지지 않나요? 이 생각을 하면 내가 살아 있다는 게 기뻐요. 정말 흥미로운 세상이에요. 우리가 모든 것을 알고 있다면 재미가 절반으로 줄어들 거예요. 안 그래요? 그랬다면 상상력이 비집고 들어갈 여지도 없었을 거고요. 그렇죠?"

경이에 찬 눈으로 삶을 바라보는 앤의 태도를 통해 우리는 우리 자신의 삶을 다시 보게 된다. 그래서 말인데 'Isn't it splendid to find out what Anne Shirley said about life?'(앤 셜리가 삶에 대해 뭐라 말했는지 알아보는 일, 참 멋지지 않은가?) 사람들이 자신을 'E 자가 붙은 앤Anne'이라 불러주기를 원한다고 당차게 밝히는 이 사랑스러운 소녀를 지금부터 다시 만나보자.

1

Expecting company

함께할 사람이 오기를 기다리다

동네마다 약방의 감초는 있다. 애번리 마을의 감초는 바로 레이철 린드 부인이다. 그녀의 집조차 동네에 드나드는 모든 사람들을 볼 수 있는 천혜의 요지에 자리 잡고 있다. 동네 일이라면 예외 없이 참견하는 린드 부인은 그 와중에 어찌나 예의를 따지는지, 책에서는 린드 부인의 집 근처를 흐르는 시냇물조차도 그녀의 집 앞에서는 조용해진다고 묘사하고 있다.

늘 그렇듯 동네에 드나드는 사람들을 지켜보며 뜨개질을 하던 어느 날, 린드 부인은 마을과 동떨어진 곳에서 수십 년간 조용히 살고 있는 커스버트 남매 중 오빠인 매튜가 농장에서 한창 일할 시간인 오후 3시 반에 가장 좋은 옷을 빼입고 마차를 몰고 나가는 것을 보고는, 궁금증을 참지 못해 초록 지붕 집으로 향한다.

초록 지붕 집에 들어서는 린드 부인에 대한 묘사를 보자.

Mrs. Rachel, before she had fairly closed the door, had taken a mental note of everything that was on that table. There were three plates laid, so that Marilla must be expecting someone home with Matthew to tea; but the dishes were everyday dishes and there was only crab-apple preserves and one kind of cake, so that the expected company could not be any particular company.

레이철 부인은 문을 다 닫기도 전에 테이블 위에 올려진 모든 것을 머릿속으로 점검했다. 접시가 세 개 놓여 있으니 매튜가 누군가를 데려와 차를 마시기를 기다리고 있는 것이지만, 평소 쓰던 접시에 사과잼과 한 종류의 케이크뿐이니 기다리는 사람이 그리 대단한 사람은 아닐 터였다.

일단 first name에 'Mrs.'를 붙이는 이 용법은 과거 '레이디'(lady)들이 있던 시절에 그들을 지칭하는 데 쓰였으나 현대에는 더 이상 쓰지 않는다. 일례로 영화 〈바람과 함께 사라지다〉에서 흑인 노예들이 주인공 스칼렛을 'Miss Scarlet'이라 부르는 것을 볼 수 있다.

첫 문장에 나온 'take a mental note'는 아주 재미있고 유용한 표현이다. 원래 'take a note'의 뜻이 '필기하다'라는 사실에서 유추할 수 있듯, 'take a mental note'는 '머릿속에 필기하다'라는 뜻으로, '눈으로 본 무언가를 잊지 않도록 머릿속에 저장해둔다'는 의미이다. 'make a mental note'라고도 한다. 린드 부인이 열고 들어온 문을 채 닫기도 전 짧은 순간에 독수리눈으로(영어로도 역시 'eagle eye'라고 쓴다. 아마 영어에서 우리말로 들어온 표현이 아닌가 싶다) 전방을 파악하는 모습을 상상하면 된다.

'expect someone'은 누군가가 오기를 기다린다는 뜻이다. 린드 부인이 생각하는 대로 말해버리는 스타일이라면 아마 'Are you expecting someone?'(누구 기다려요?)이라고 물어보았을 것이다. 이 표현은 수동태인 'someone is expected'라고도 자주 쓴다. '그가 3시까지 오기로 되어 있어요.'라고 말하고 싶으면 'He is expected by three.'면 충분하다. '오다'라는 뜻의 동사 'come'을 쓰지 않아도 '오기로 되어 있다'는 뜻은 충분히 전달된다. 하지만 이 표현을 현대 영어에서 사용하면 굉장히 격식을 차리는 표현이 된다.

여기서 'company'는 당연히 '회사'라는 뜻이 아니라 '일행, 함께 있는 사람, 혹은 함께 있어줌'이라는 뜻의 명사이다. 식당에 먼저 들어갔을 때 '일행이 있으신가요?'라고 묻는 표현이 'Do you have company?'라는 건 많이들 들어보아 친숙할 것이다. 다만 헤어지면서 '당신과 함께해서 즐거웠어요'라고 말할 때 'I've really enjoyed your company.'라고 하면, 'your company'가 '당신이 함께 있어준 것'이라는 뜻이 되면서 흥미롭고 재미있는 표현이 되니 'take a mental note' 해두면 좋겠다.

마릴라가 농장 일을 도울 고아 소년을 입양하기로 해서 매튜가 데리러 갔다고 하자, 린드 부인은 초록 지붕 집에서 나와 이렇게 말한다.

"It seems uncanny to think of a child at Green Gables somehow; there's never been one there, for Matthew and Marilla were grown up when the new house was built—if they ever WERE children, which is hard to believe when one looks at them. I wouldn't be in that orphan's shoes for anything. My, but I pity him, that's what."

"어쨌든 초록 지붕 집에 아이가 있다는 건 생각만 해도 이상해. 그 집에는 아이가 있었던 적이 없거든. 그 집이 지어졌을 때엔 매튜와 마릴라도 성인이었으니까. 그 남매가 아이였던 적이 있기나 한지 몰라. 그 남매를 보면 아이였을 모습들이 당최 상상이 안 되거든. 난 절대 그 고아 입장이 되기는 싫네. 에효, 불쌍하잖아. 사실이 그런 걸."

세상사에 참견을 안 하면, 하다못해 길가 나무 덤불에라도 말을 하지 않으면 참을 수 없는 사람의 습성대로 린드 부인은 야생 장미 덤불에 대고 이렇게 혼잣말을 하며 집으로 돌아간다. 재미있는 성격 묘사이다. 실제로 악하다고는 할 수 없으나 에너지가 넘쳐서 남의 일을 시시콜콜 참견하지 않고는 못 견디는 사람들이 우리 주변에도 한 명씩은 꼭 있지 않은가.

앞의 인용문에서는 가정법들이 재미있게 쓰이고 있다. 문장 말미에 붙은 'if they ever were children'은 직역하면 '그들이 아이였던 적이 있다면'이다. 이 말은 '그들은 아이였던 적이 없었던 것 같다'고 옮기면 좀 더 자연스럽다. 우리말에선 '자기가 뭐라도 된 것처럼 말이지'라는 유의 표현이 이런 느낌에 가깝다. 그다음 문장도 딱 그 느낌으로 사용하면 된다. 회화체에서는 'if I was in your shoes'라고 말하는 사람들이 점점 늘고 있다.

린드 부인의 약방의 감초 같은 성격을 통해 기웃거려본 초록 지붕 집의 모습은 읽는 이들의 호기심을 자극한다. 세상과 어울리길 좋아하지 않는 남매가 수십 년을 둘이서만 살아온 집에 고아 소년을 입양하면 어떤 일이 벌어질까 하는 호기심. 그리고 이 장의 마지막 문장은 기차역에서 혼자 기다리는 고아를 이야기하며 끝이 난다. 린드 부인이 절대 그 입장이 되고 싶지 않다는 그 고아 말이다.

But if she could have seen the child who was waiting patiently at the Bright River station at that very moment her pity would have been still deeper and more profound.

하지만 바로 그 순간, 브라이트리버 역에서 참을성 있게 기다리고 있는 아이를 보았다면, 린드 부인의 동정심은 한층 더 깊어졌을 것이다.

2

A little red-haired girl

작은 빨강 머리 소녀

매튜가 기차역에 도착해서 살펴보니 소년은 없고 빨강 머리에 주근깨투성이인 말라깽이 소녀만이 그를 기다리고 있다. 입양하기로 했던 소년이 아니라 소녀가 잘못 왔다는 것을 알고 매튜는 적잖이 당황하지만, 매튜 성격에 아이를 돌려보내는 불편한 일은 할 수 없어 마릴라에게 맡겨야 하는 데다, 시간이 늦어 그날은 아이를 돌려보낼 수도 없어서 결국 말라깽이 소녀를 마차에 태우고 초록 지붕 집으로 향한다.

그런데 이 소녀는 여느 소녀와 달라도 너무 다르다. 말라깽이 소녀가 매튜에게 처음으로 건네는 말을 한번 보자.

"I suppose you are Mr. Matthew Cuthbert of Green Gables?"

she said in a peculiarly clear, sweet voice. "I'm very glad to see you. I was beginning to be afraid you weren't coming for me and I was imagining all the things that might have happened to prevent you. I had made up my mind that if you didn't come for me to-night I'd go down the track to that big wild cherry-tree at the bend, and climb up into it to stay all night. I wouldn't be a bit afraid, and it would be lovely to sleep in a wild cherry-tree all white with bloom in the moonshine, don't you think? You could imagine you were dwelling in marble halls, couldn't you? And I was quite sure you would come for me in the morning, if you didn't to-night."

"초록 지붕 집의 매튜 커스버트 씨군요?" 소녀가 독특하게 맑고 상냥한 목소리로 물었다. "만나 뵙게 되어서 반가워요. 절 데리러 오시지 않을까 봐 걱정하던 참이었어요. 아저씨가 못 오시는 온갖 이유를 상상하고 있었어요. 오늘 밤 저를 데리러 오시지 않으면 철로를 따라 내려가 저기 길이 구부러지는 곳에 있는 커다란 야생 벚꽃 나무에 올라가 밤을 보내려고 했어요. 조금도 무섭지 않을 거예요. 달빛 속에 하얗게 흐드러진 야생 벚꽃 나무 위에서 자는 건 멋질 테니까요. 그렇게 생각하지 않으세요? 대리석으로 꾸며진 넓은 방에 있다고 상상해보실 수도 있잖아요, 그렇죠? 그리고 오늘 밤 오시지 않으면 내일 아침에는 꼭 저를 데리러 오실 거라고 생각했어요."

소녀는 속사포처럼 말을 쏟아낸다. 온갖 상상력을 발휘하고 있기 때문에 가정법이 풍성하게 쓰이고 있다. 'all the things that might have happened to you'부터 보자. 'might have 과거분사'는 '…할 수도 있었던'이란 뜻이다. 자신을 데리러 오기로 한 아저씨가 못 오도록 '일어날 수도 있었던 온갖 일들'을 상상하고 있었다고 하지 않는가. 이어지는 문장 속 'I would go down… and climb up…'도 모두 가정법이다. 'wouldn't be afraid, it would be lovely' 역시 가정법이고, '대리석으로 꾸며진 넓은 방에…'에 해당하는 말까지 죄다 그렇다.

다른 사람들, 특히 여자들과는 거의 말을 섞지 않는 매튜, 말없이 현실의 일들만 묵묵하게 하며 살아왔던 매튜가, 만나자마자 가정법 뒤범벅인 말들을 폭포수같이 쏟아내는 어린 소녀를 보고 얼마나 당황하고 충격을 받았을지 상상해보면 왠지 빙긋 웃게 된다.

작은 소녀는 신나게 떠든다. 심지어 자신이 고아가 된 처지를 고아원 나무에 빗대가면서, 그 힘든 사연조차도 발랄하게 이야기한다.

"I just love trees. And there weren't any at all about the asylum, only a few poor weeny-teeny things out in front with little whitewashed cagey things about them. They just looked like orphans themselves, those trees did. It used to make me want to cry to look at them. I used to say to them, 'Oh, you POOR little things! If you were out in a great big woods with other trees all around you and little mosses and Junebells growing over your roots and a brook not far away and birds singing in you branches, you could grow, couldn't you? But you can't where you are.'"

"저는 나무들을 정말 좋아해요. 하지만 고아원 주변에는 제대로 된 나무가 없었어요. 작고 하얀 울타리 같은 것들이 둘러쳐진 볼품없고 작은 나무들만 있었죠. 꼭 거기 사는 고아들 같았어요. 그 나무들은 정말 그렇게 보였죠. 그 나무들을 보면 눈물이 날 것 같았어요. 그래서 나무들에게 이렇게 말하곤 했죠. '아, 불쌍한 아이들아. 주변에 다른 나무들이 잔뜩 있는 커다란 숲에서 이끼와 초롱꽃들이 뿌리를 덮어주고, 멀지 않은 곳에 시내가 흐르고, 나뭇가지에는 새가 깃들었다면 너희들도 더 잘 자랄 수 있을 텐데. 안 그래? 그런데 지금 여기서는 그럴 수가 없구나.'"

작은 소녀는 고아원의 나무들과 자신을 동일시하면서 고아로 사는 것이 어떤지 토로한다. 그래서 주변에 나무가 많은 집, 시냇물이 가까이에서 흐르는 집을 이상적인 집으로 꿈꾸었는지도 모른다. 현실과 상상 사이의 이 괴리를 보라. 상상으로 현실을 이겨

내며 살 수밖에 없는 아이는 필사적이다. 이렇게 필사적으로 말하는 어린아이를 본 적이 있었던가 싶다. 여기가 아니라 저기에 있는 것들을 상상하는 힘으로 살아가는 아이는 그래서 더 멋진 것, 더 비현실적인 것들을 상상하는 자신의 힘이 부정당하면 이에 맞선다.

"And people laugh at me because I use big words. But if you have big ideas you have to use big words to express them, haven't you?"

"그런데 사람들은 제가 거창한 말들을 쓴다며 절 보고 웃어요. 하지만 생각이 크면 그걸 표현하는 말도 큰 걸 써야 하는 거 아닌가요?"

'big words'는 어렵고 추상적이고 황당무계한 말이라는 뜻으로 이해할 수 있다. 현실에서 소소하게 나누는 말들을 'small talk'라고 하는 걸 생각해보면, 이 'big'이 어떤 뜻인지 짐작해볼 수 있다.

'big idea'를 표현하려면 'big words'를 써야 하는 거 아니냐고 묻는 아이. 'small words'를 사용하는 현실이 초라해서 'big ideas'로 머리를 채우고, 'big words'를 써서 그 이야기를 하는 힘으로 살아가는 작은 아이. 이 아이의 현란한 말과 온갖 가정법들 틈으로 피할 수 없는 절박함과 아픔이 보인다. 그리고 아이는 처음으로 어린아이가 'big words'를 쓸 때에 웃어넘기지 않고 진지하게 들어주는 어른을 만났다. 그게 매튜와 앤 셜리의 첫 만남이었다.

3

Anne spelled with an E

E 자로 끝나는 앤

매튜가 아이와 함께 초록 지붕 집에 도착하자 마릴라는 앤을 보고 놀란다. 매튜와 마릴라가 농장 일을 도와줄 소년을 원했고, 자신은 착오로 인해 잘못 온 거라는 사실을 드디어 알게 된 앤은 엉엉 울기 시작한다.

수십 년 동안 독신으로 살아온 남매는 어린아이가 낯설다. 어떻게 대응해야 하는지 잘 모른다. 오늘 밤 당장 돌려보내지 않을 테니 울지 말라는 말로 달래고 드디어 앤에게 마릴라가 이름을 묻는다. 그러자 앤은 자신을 '코딜리어'라 불러달라고 한다. 본명이 창피하냐고 묻자 앤은 그 유명한 말을 한다. "저를 앤이라 부르실 거면 E 자로 끝나는 앤(Anne)으로 불러주세요."

"Oh, I'm not ashamed of it," explained Anne, "only I like Cordelia better. I've always imagined that my name was Cordelia—at least, I always have of late years. When I was young I used to imagine it was Geraldine, but I like Cordelia better now. But if you call me Anne please call me Anne spelled with an E."

"아, 전 창피한 게 아니에요." 앤이 대답했다. "다만 코딜리어가 더 좋을 뿐이에요. 제 이름이 코딜리어였으면 좋겠다고 늘 상상했거든요. 최소한 지난 몇 년간은 그랬어요. 어렸을 때는 제 이름이 제럴딘이라고 상상했었는데, 지금은 코딜리어가 더 좋아요. 하지만 저를 앤이라고 부르실 거면 E 자로 끝나는 앤으로 불러주세요."

사실 철자 E가 없는 앤이나 붙은 앤이나 '부를' 때는 똑같이 '앤'이라고 발음한다.

"What difference does it make how it's spelled?" asked Marilla with another rusty smile as she picked up the teapot.

"철자를 어떻게 쓰든 그게 무슨 차이가 있니?" 마릴라가 찻주전자를 집어들면서 또 한번 어색한 미소를 띠며 물었다.

우리나라 사람들은 영어 단어의 철자를 물을 때 "What's the

spelling?"이라는 표현을 자주 사용한다. 이렇게 물으면 물론 원어민이 알아듣는다. 그러나 더 좋은 표현은 spell을 동사로 써서 "How do you spell it?"이라 묻는 것이다. 'spelled with an E'는 직역하면 'E 자 하나를 철자에 쓰는'이란 뜻이다. 마릴라가 사용한 'how it's spelled'라는 표현에서도 '철자가 어떻게 쓰이는지'라며 'spell'을 동사로 쓰고 있다. 앞으로는 철자를 물어볼 때 "How do you spell it?"이라 묻고, 발음을 물을 때에는 "How do you pronounce it?"이라는 표현을 써보자.

한편 마릴라가 짓는 미소를 묘사한 'rusty smile'은 직역하면 '녹슨 미소'라는 뜻이다. 이 용법의 예를 검색해보면 다른 용례들은 거의 찾아볼 수 없고 『빨강 머리 앤』의 마릴라를 묘사한 이 구절이 주를 이룬다. 그건 이 표현이 작가가 창의적으로 만든 표현이라는 뜻이다. 'rusty'는 오래 쓰지 않아 녹이 슬었다는 의미이다. 보통 현대 구어체 영어에서는 "My English has gotten rusty." 즉 "내 영어가 녹슬었어."라는 표현을 주로 쓴다. 한동안 영어를 쓰지 않았더니 입에서 잘 나오지 않을 때에 사용한다.

이 책에 묘사된 마릴라의 'rusty smile'은 평소에 미소를 잘 짓지 않아 미소 짓는 데 익숙하지 않은 사람이 짓는 어색한 미소를 가리킨다. '어색한 미소'라고 번역하면서 'rusty'라는 단어를 통해 떠올릴 수 있는 뉘앙스들은 사라져버렸다. 한동안 쓰지 않아 녹슨 것같이 삐걱거리며 억지로 올라가는 입꼬리를 상상하게 만드는 원문의 뉘앙스가 말이다. 원래 번역문을 읽는 것은 우비를 입고 샤워를 하는 것과 같다고 누군가가 말한 바 있다. '어색한 미소'라는 번역을 보면, 우비 입고 샤워한다는 것이 어떤 심정인지 이해가 된다.

이렇게 수십 년간 감정 표현을 절제하며 조용하고 금욕적이며 성실하게 살아온 두 남매의 집에 감정을 생생하게, 아니 한 술 더 떠서, 상상으로 채색하여 표현해내는 어린 소녀가 등장한 장면으로 다시 돌아와보자. 녹슬었던 감정들이 삐걱거리며 조금씩 다시 움직이는 소리가 들리는 것도 같다.

아니나 다를까 당황한 매튜는 마릴라가 'filthy habit'(더러운 습관)이라고 얼굴을 찌푸려서 평소에 거의 피우지 않는 담배를 피우기 시작한다. "a mere man must have some vent for his emotions."(단순한 남자는 자기감정을 터뜨릴 배출구가 필요하다)라는 생각에 이번엔 매튜가 담배를 피워도 마릴라는 뭐라 하지 않는다. 'have a vent for something'이라고 할 때 'vent'는 '통풍구, 환풍구'라는 뜻으로, 감정에도 이렇게 공기가 순환되도록 바람을 빼주는 출구가 필요하다. 매튜에게 흡연은 그런 의미가 있다.

마릴라는 저녁 설거지를 마치고 매튜에게 다가가 이렇게 말문을 연다. "Well, this is a pretty kettle of fish." 'kettle of fish'는 주로 'a fine kettle of fish' 혹은 'a pretty kettle of fish'라는 표현으로 사용하는데, 무척 어색한 상황에 처했을 때 하는 말로

"이거 참, 일이 꼬였네요." 정도의 뜻이다. 아직 아이에게 마음이 움직이지 않은 마릴라는 이 상황을 해결해야 하는 문제로 인식하고, 날이 밝으면 아이를 돌려보낸 후 이 문제를 바로잡겠다고 한다. 매튜가 아이를 그냥 데리고 있자고 머뭇거리며 말해도 소용없다. 매튜는 설득을 포기한다.

To bed went Matthew. And to bed, when she had put her dishes away, went Marilla, frowning most resolutely. And upstairs, in the east gable, a lonely, heart-hungry, friendless child cried herself to sleep.

매튜는 잠자리에 들었다. 자못 결연하게 찌푸린 표정으로 설거지한 그릇들을 치운 후 마릴라도 잠자리에 들었다. 그리고 위층, 동쪽 지붕 방에서는 외롭고 마음이 허기지고 친구도 없는 아이 하나가 울다 지쳐 잠이 들었다.

4

Live through sorrows

슬픔을 견디며 살다

초록 지붕 집의 동쪽 지붕 방에서 울다 잠든 후 깨어난 앤은 햇살이 부서지는 아름다운 아침과 창밖의 풍경을 보고 감탄하며 기운을 낸다. 그리고 배가 고프다며 아침을 먹으러 내려와 이렇게 말한다.

"All sorts of mornings are interesting, don't you think? You don't know what's going to happen through the day, and there's so much scope for imagination. But I'm glad it's not rainy today because it's easier to be cheerful and bear up under affliction on a sunshiny day. I feel that I have a good deal to bear up under. It's all very well to read about sorrows and imagine yourself living through them heroically, but it's not so nice when you really come to have them, is it?"

"아침은 어떤 아침이든 모두 흥미로워요. 안 그런가요? 하루 종일 무슨 일이 일어날지 모르니까, 상상의 여지가 너무 많잖아요. 하지만 오늘은 비가 오지 않아서 기뻐요. 화창한 날엔 명랑해지고 고통을 견디기가 더 쉬우니까요. 전 견뎌야 하는 일이 참 많은 것 같아요. 슬픈 일들에 대해 읽고 자신이 그런 일들을 영웅처럼 견뎌내는 걸 상상하는 건 아주 좋지만, 진짜로 그런 일들이 생기는 건 별로 좋지 않으니까요. 그렇죠?"

여기서는 'live through sorrows', 즉 슬픔을 견디며 산다는 표현이 눈에 띈다. 'through'가 'on'과 더불어 왜 '접촉'의 뉘앙스를 지니는지 알 수 있는 용법이기도 하다. 닥쳐오는 슬픔 하나하나에 모두 닿고 지나간다는 뜻이어서, 'live through'라는 말의 느낌이 더 잘 다가온다.

앤에게 마릴라는 'hold your tongue'(입 좀 다물렴)이라고 말한다. 앤은 금세 입을 다물고는 침울해하다가 이내 혼자만의 공상에 빠져 조용해진다. 즐겁게 떠들던 아이가 입을 다무니 그것도 불편하다. 밖에 나가 시간을 보낸 후 점심을 먹고(원문에는 'dinner'라고 쓰여 있다. 그러나 예전에는 'dinner'가 점심이었다) 스펜서 부인 댁으로 출발하자며 마릴라는 앤을 밖으로 내보내는데, 앤은 나가다가 다시 돌아온다. 초록 지붕 집의 아름다운 모습을 더 많이 알면 알수록 더 기억이 나서 슬플 거라는 것이었다.

이때 기뻐서 밖으로 나가려다 다시 집으로 돌아오는 앤의 모습을 묘사한 문장들은 영어 특유의 감칠맛을 잘 보여준다.

Anne flew to the door, face alight, eyes glowing. On the very threshold she stopped short, wheeled about, came back and sat down by the table, light and glow as effectually blotted out as if some one had clapped an extinguisher on her.

앤은 환한 얼굴로 눈을 빛내며 문을 향해 날 듯이 달렸다. 그러나 문지방에서 문득 멈춰 서더니 빙그르르 돌아서 다시 테이블에 와 앉았다. 마치 누군가가 그녀에게 찬물이라도 끼얹은 것처럼 기쁨과 광채가 한번에 사그라들었다.

여기서는 기쁨으로 날 듯이 달려가는 모습을 'fly to the door'라고 묘사하고 있다. 화가 나서 쿵쾅거리며 나가는 모습을 폭풍이라는 단어를 써서 'storm out'이라 표현하는 걸 생각해보면, 'fly to the door'라는 표현의 맛을 잘 느낄 수 있다. 문득 멈추는 것 또한 우리나라 사람 같으면 'stop suddenly'라고 하겠지만, 여기서는 'stop short'라고 썼다. 목적지에 다다르기 전에 문득 멈추는 모습을 상상하면 된다. 돌아서는 모습도 'wheel out'이라 해서 바퀴가 달린 것처럼 빙그르르 돌아서는 모습을 상상하게 된다.

그리고 'blot out'이라는 표현은 '…을 완전히 덮어서 가리다' 혹은 '…을 애써 잊다'라는 뜻이다. 여기서는 앤의 얼굴에서 뿜어 나오던 빛과 광채(light and glow)가 완전히 무어라도 덮어서 끈 것처럼 사라졌다는 뜻이다.

집으로 돌아온 앤은 불쑥 창가에 놓인 제라늄의 이름을 묻는다. '사과향 제라늄'이라고 대답하는 마릴라에게 앤은 이렇게 말한다.

> "Oh, I don't mean that sort of a name. I mean just a name you gave it yourself. Didn't you give it a name? May I give it one then? May I call it—let me see—Bonny would do—may I call it Bonny while I'm here? Oh, do let me!"
>
> "아, 그런 이름 말고요. 아주머니가 직접 지어주신 이름이요. 이름을 안 지어주셨나요? 그럼 제가 지어줘도 돼요? 음, 어디 보자, 보니라는 이름이 좋겠네요. 제가 여기 있는 동안 저 제라늄을 보니라고 불러도 될까요?"

직접 이름을 지어서 붙여주는 것은 사적인 거리를 좁히는 행위이다. "내가 그의 이름을 불러주었을 때/ 그는 나에게로 와서/ 꽃이 되었다"라는 김춘수 시인의 시 「꽃」의 한 구절에서 드러나듯이 '이름을 붙이고, 알고, 불러주는' 행위는 부르는 자와 대상 간의 거리를 확 좁혀준다. 제라늄에 이름을 붙이고 싶어하는 앤의 모습은 앤이 친밀함에 목말라 있음을 보여준다.

그러나 마릴라는 애써 외면한다. 앤을 보내고 싶지 않은 매튜의 심중을 익히 헤아리면서도 계속 외면한다. 여름에 다른 집 남자아이가 와서 일하기로 했다고 중얼거리는 매튜의 말조차도 외면한 마릴라는 앤을 도로 데려다주기 위해 마차에 올라 독하게 채찍을 휘두른다.

Marilla made no reply, but she hit the unlucky sorrel such a vicious clip with the whip that the fat mare, unused to such treatment, whizzed indignantly down the lane at an alarming pace.

마릴라는 아무 대답도 하지 않았다. 그 대신 애꿎은 구렁말만 독하게 채찍으로 내리쳤다. 이런 취급에 익숙하지 않은 뚱보 암말은 화가 나서 놀라운 속도로 길을 달려갔다.

'vicious clip'은 사악하게 채찍을 내리치는 소리인데, 마릴라가 악의를 가지고 내리치는 건 아니라서 '독하게 내리쳤다'고 번역해 보았다. 달리는 말을 채찍질하는 행동을 통해 동정과 공감을 이성으로 애써 거부하려는 마릴라의 모습이 그려진다. 사람이든 동물이든 생명을 키운다는 일의 엄청난 책임 앞에서 어떤 이들은 두려움에 휩싸여 이렇게 주어진 운명을 완강히 거부하기도 한다. 이런 모습이, 섣불리 나서서 책임지겠다며 설레발치고 값싸게 동정을 베풀었다가 금세 마음을 바꾸는 것보다 더 진지하고 신중한 자세일 수도 있을 것이다.

5

Meant to be good

의도는 선하다는 것

마릴라는 앤을 마차에 태우고 외진 해변 길을 달리기 시작한다. 화이트샌즈에 사는 스펜서 부인에게 앤을 다시 데려다주기 위해서이다. 앤은 "I've made up my mind to enjoy this drive."(전 이 드라이브를 즐기기로 마음먹었어요)라고 말하면서 뜬구름 잡는 소리를 시작한다. 그리고 예의 가정법을 남발하며 상상의 나래를 펼친다.

"Don't you think it must be glad to be a rose? Wouldn't it be nice if roses could talk?"(장미가 되면 기쁘지 않을까요? 장미가 말할 수 있다면 얼마나 멋질까요?) 마릴라는 구름 속을 동동 떠다니는 것 같은 앤을 다잡아 현실로 데려온다. 그리고 앤에게 지금까지 어떻게 살아왔는지 얘기해보라고 한다.

그제야 앤은 갓 열한 살이 되었다고 자기 나이를 밝히면서 그동안 살아온 삶을 쭉 늘어놓는다. 노바스코샤주 볼링브록에서 교사인 월터 셜리와 버사 셜리 사이에서 태어났고, 태어난 지 3개월 만에 아버지와 어머니가 열병으로 세상을 떠나는 바람에 고아가 되었노라고 말이다. 가까운 친척조차 하나 없어서 결국 이웃의 토머스 부인이 앤을 데려다 여덟 살까지 키웠는데, 남편인 토머스 씨도 주정뱅이인 데다 가난한 집이라 앤은 자기보다 어린 아이들 네 명을 돌봐야 했다. 그러다 토머스 씨가 기차 사고로 죽자 그의 어머니가 토머스 부인과 아이들을 데려갔는데, 앤만은 원치 않아서 남겨졌다.

그다음에는 앤이 아이들을 잘 돌본다는 소식을 듣고 외진 곳에서 목재소를 하는 해먼드 부인이 자신의 집으로 데려갔는데, 해먼드 부인이 쌍둥이 세 쌍을 연달아 낳는 바람에 앤이 그 아이들을 계속 돌봐야 했다. 그러다 해먼드 씨가 죽자 해먼드 부인은 아이들은 친척들에게 나누어 보내고 자신은 미국으로 가버렸는데, 앤은 그때 고아원으로 보내졌다. 앤은 스펜서 부인이 데리러 오기까지 4개월 동안 그 고아원에 있었다.

학교는 다녔느냐고 마릴라가 묻자 앤은 토머스 씨 집에 살았던 마지막 해에 조금 다녔고, 해먼드 씨 집은 학교와 너무 멀어서 겨울에는 걸어갈 수가 없었고 여름은 방학이라 못 다니고 봄·가을에만 다녔다고 털어놓는다. 그래도 책은 잘 읽고 많은 시들을 외우고 있다며 자신이 좋아하는 시 이야기로 빠지는 앤을 마릴라는 다시 다잡은 후 토머스 부인과 해먼드 부인이 잘 대해주었느냐고 묻는다. 그러자 앤은 처음으로 더듬거린다. 당황해서 얼굴이 빨개진 앤은 이렇게 말한다.

"O-o-o-h," faltered Anne. Her sensitive little face suddenly flushed scarlet and embarrassment sat on her brow. "Oh, they MEANT to be—I know they meant to be just as good and kind as possible. And when people mean to be good to you, you don't mind very much when they're not quite—always. They had a good deal to worry them, you know. It's very trying to have a drunken husband, you see; and it must be very trying to have twins three times in succession, don't you think? But I feel sure they meant to be good to me."

"어, 어…" 앤이 말을 더듬거렸다. 감정이 고스란히 드러난 앤의 작은 얼굴이 갑자기 붉게 물들더니 이마에 당황한 기색이 서렸다. "어, 그분들은 마음으로는 잘해주고 싶었을 거예요. 그분들이 나름대로는 최대한 잘해주고 친절하려고 했다는 걸 알아요. 잘해주려는 마음이 있는 걸 알면, 실제로 잘해주지 못해도 괜찮아요. 그분들도 신경 쓸 게 너무 많았으니까요. 주정뱅이 남편과 사는 건 아주 힘든 일이에요. 쌍둥이를 연달아 세 번 낳는 것도 굉장히 힘든 일이

고요. 아주머니도 그렇게 생각하시죠? 저는 그분들이 저한테 잘해 주려는 마음이 있었다고 믿어요."

이 말은 참으로 슬프다. 열한 살짜리 아이는 자신을 키워준 부인들이 나쁘다 혹은 좋다라고 직설적으로 말하지 못한다. 어쩌면 직설적으로 말하는 습관도 눈치 볼 일 없이 자란 사람들이 누리는 특권이 아닐까 싶을 때가 있다. 아이는 'they meant to be good'이라고 돌려 말한다. '마음으로는 잘해주려고 했다'라고 번역했지만, 사실상 '의도는 좋았다'는 뜻이다.

이 표현을 읽으니 『선량한 차별주의자』 속 한 구절이 떠오른다. 기득권자들은 자신들의 기득권을 인지하지 못하고 어떤 차별적인 발언을 하고는 '그럴 의도는 아니었다'라고 핑계를 댄다는 내용인데, 앤이 하는 말은 반대편 입장에서 하는 말이라 슬프다. 자신이 차별받았고 어른들이 잘해주지 않았다는 말을 고작 열한 살밖에 안 된 아이가 "잘해주려는 마음이 있었을 거예요"라고 돌려 표현하는 모습은 우리를 아프게 한다. 상상력은 그런 데 쓰라고 있는 게 아닐 텐데 말이다.

마릴라는 더 이상 묻지 못한다. 마릴라의 마음에 일어난 동요를 작가는 "Pity was suddenly stirring in her heart for the child."(아이를 향한 동정심에 마음이 흔들렸다)라고 표현하고 있다. 영어에서 감동하거나 울컥한 마음을 묘사할 때 쓰는 동사 중 하나가 'stir'이다. 원래 '(액체를 스푼 등으로) 젓다'라는 의미의 동사인데, 이 단어를 보면 우리의 마음이 물결이고 무언가가 그 물결을 저어 동요하는 이미지가 연상된다.

감동을 표현할 때는 동사 'move'도 사용한다. '(마음을) 움직인다'는 뜻으로, 감동시키는 것은 'moving'한다고 말하고, 감동받은 사람은 'moved'되었다고 말한다. 'impress'의 경우 '감동시키다'라는 번역은 적합하지 않다. 이 단어는 감정적인 반응과는 관련이 없다. 그보다는 'in(im), 안으로+press, 눌러 넣다'는 의미로 '뇌리에 새기다' 정도로 이해하는 것이 가장 적절하다.

앤의 눈앞에 화이트샌즈 호텔이 보이자 앤은 그곳이 스펜서 부인의 집이라 생각하고, 드라이브를 즐기겠다던 어린 앤의 마음은 속절없이 무너진다.

"I was afraid it might be Mrs. Spencer's place," said Anne mournfully. "I don't want to get there. Somehow, it will seem like the end of everything."

"저곳이 스펜서 부인의 집인 줄 알고 걱정했어요." 앤이 슬픔에 잠겨 말했다. "그곳에 가고 싶지 않아요. 그곳에 도착하면 모든 것이 끝나버릴 것 같거든요."

'I'm afraid'는 많은 구어체 문장에서 '두렵다'는 의미로 쓰이기보다는, 부정적인 내용을 전달하는 전달 동사의 의미로 쓰인다. 부정적인 내용을 상대에게 말하며 '어쩌죠' 하는 정도의 'small talk' 역할을 한다. "그 사람과 지금 통화가 안 돼요."라고 '사실'만 전달하는 문장에 양념을 치고 싶을 때 "I'm afraid he's not available now."(어쩌죠, 그 사람은 지금 통화 못 하는데요)라고 표현하면 'I'm afraid'가 윤활유 역할을 해준다. 관계와 소통의 수단인 대화에서 이런 윤활유는 꽤 중요하다.

마침내 마릴라의 마음은 흔들렸고, 앤의 마음은 무너지기 일보 직전이다. 이제 흔들린 마음이 어떻게 무너지는 마음을 구할지 두고 볼 일이다.

6

If you only get her to love you

그 아이가 너를 사랑하게 만들기만 한다면

마릴라는 화이트샌즈에 있는 스펜서 부인 집에 도착한다. 남자아이를 보내달라고 했는데 어떻게 여자아이가 오게 된 건지 사정을 따져보니 중간에 말을 전달하는 이의 실수가 있었다는 것이 밝혀진다. 스펜서 부인은 돌아온 앤을 보고 난감해하다가 마침 그전 날 피터 블루잇 부인이 집안일을 할 여자아이를 보내달라고 했다며 앤을 그리로 보내겠노라 말한다. 블루잇 부인이라는 말에 마릴라는 뜨끔한다. 블루잇 부인은 사람을 몹시 험하게 부리는 것으로 유명했기 때문이다.

그리고 공교롭게도 그때 블루잇 부인이 나타나는데 스펜서 부인은 창밖을 내다보며 이렇게 말한다. "And if there isn't Mrs. Peter coming up the lane this blessed minute!"(다행히도 때마침

블루잇 부인이 지금 길을 따라 올라오고 있네요!) 직역하면 "이 축복받은 순간에 길을 따라 올라오는 사람이 블루잇 부인이 아니라면 (또 누구겠어요)."이다. 이렇게 공교롭게도 무언가 우연한 일이 일어났을 때 쓰는 if 용법을 잘 봐둘 필요가 있다. 이 표현을 적절하게 쓸 줄 알면 감정을 잘 살린 영어를 구사할 수 있다.

블루잇 부인은 당장 앤을 집으로 데려갈 기세다. "Mrs. Blewett darted her eyes over Anne from head to foot."(블루잇 부인은 앤을 머리부터 발끝까지 재빨리 훑어보았다.) 여기서 쓰인 'dart'는 우리가 다트 게임을 할 때 던지는 그 다트가 맞다. 'dart'를 동사로 쓰면 무언가를 그렇게 던진다는 뜻이 된다. 'dart one's eyes over'는 '독수리 같은 눈매로 재빨리 누군가를 훑어보다' 정도의 느낌을 주는 표현이다.

토머스 부인과 해먼드 부인, 그리고 고아원을 거쳐온 앤의 이야기를 쭉 들은 마릴라는 앤이 블루잇 부인의 집으로 가서 애들을 키우고 집안일을 하는 것을 차마 두고 볼 수가 없다. 상상력 외에는 현실과 싸울 힘이 없는 아이가 그 상상조차 못할 만큼 삶이 힘들어질 게 뻔하지 않은가. 마릴라는 마침내 앤을 도로 집으로 데려가서 매튜의 의견을 더 들어보겠다고 한다.

During Marilla's speech a sunrise had been dawning on Anne's face. First the look of despair faded out; then came a faint flush of hope; her eyes grew deep and bright as morning stars. The child was quite transfigured; and, a moment later, when Mrs. Spencer and Mrs. Blewett went out in quest of a recipe the latter had come to borrow she sprang up and flew across the room to Marilla.

마릴라가 말하는 동안 앤의 얼굴에 서서히 해가 떠올랐다. 처음에는 절망스러운 표정이 사라지더니, 그다음에는 희미한 희망의 홍조가 떠올랐다. 앤의 눈빛이 깊어지며 마치 샛별처럼 빛나기 시작했다. 아이는 그렇게 탈바꿈하더니 잠시 후 블루잇 부인이 원래 빌리러 온 요리책을 찾으러 스펜서 부인과 함께 나가자, 벌떡 일어나 마릴라에게 날 듯이 달려왔다.

'dawn on'은 어떤 것이 서서히 떠오른다는 뜻으로, 새벽 동이 트듯 서서히 떠오르거나 생각이 나면 'it dawned on me'(그것이 내게 서서히 떠올랐다)라고 표현한다. it을 가짜 주어로 쓰고 뒤에 to 부정사나 that 절을 쓰면 그 생각의 내용을 온전히 담아서 표현할 수 있다. 예를 들어 "It dawned on me that Mum once told me about the dog she had kept as a child."(엄마가 어렸을 때 키웠던 개에 대해 엄마가 했던 말이 서서히 떠올랐다) 같은 식으로 자주 쓰인다.

앞의 인용문에서는 'a sunrise'(일출)가 앤의 얼굴에 'dawn on'

했다며 아이의 얼굴이 점점 밝아지는 모습을 얼굴에 해가 떠오르는 것에 비유해서 표현하고 있다. 희망에 부푼 어린 앤의 표정이 상상이 가지 않는가.

기가 죽어 블루잇 부인 앞에서는 'E 자가 붙은 앤'이라 불러달라는 말도 못하던 앤이 드디어 입을 열고는 이렇게 말한다. "'I'd rather go back to the asylum than go to live with her', said Anne passionately. 'She looks exactly like a—like a gimlet.'"('저 부인과 같이 사느니 차라리 고아원으로 돌아갈래요.' 앤이 간절하게 말했다. '저 부인은 마치… 송곳같이 생겼잖아요.')

그다음 마릴라를 묘사한 표현이 재미있다. "Marilla smothered a smile under the conviction that Anne must be reproved for such a speech."(마릴라는 그런 말을 하는 앤을 꾸짖어야 한다는 생각에 미소를 억눌렀다.) smother는 '누르다, 억누르다'라는 뜻이다. 블루잇 부인이 송곳같이 생겼다는 앤의 꼭 들어맞는 비유에 저도 모르게 미소가 떠올랐지만 '내가 이러면 안 되지, 애를 혼내야 하는데' 하고 스스로를 다그치며 미소를 참는 모습이 저절로 연상된다. 여기 등장하는 'smother a smile'이라는 표현도 외워두면 좋다.

그렇게 마릴라는 앤을 다시 초록 지붕 집으로 데려온다. 농장을 서성이며 기다리던 매튜는 물론 반색한다. 앤을 재우고 남매는 외양간에서 소젖을 짜며 얘기를 나눈다. "'I don't fancy her style myself,' admitted Marilla."('블루잇 부인의 스타일이 마음에 안 들어서 그래요.' 마릴라가 인정했다.) fancy라는 단어는 영국 영어에서 '좋아하다' 정도의 의미로 자주 쓰인다. 남극기지에서 일할 사람을 구하는 영국의 구인 광고에서 "Fancy working in the cold, watching penguins?"(추운 데서 펭귄 보며 일하고 싶은 사람?)라는 표현을 본 적이 있다.

마릴라는 블루잇 부인의 스타일이 마음에 안 들었을 뿐이라면서 아이 양육은 자기 스타일대로 할 테니 오빠는 간섭하지 말라고 못 박아둔다. 매튜는 기분이 좋다. 더할 나위 없이 좋다. 여자들 앞에서 말 한마디 못하는, 그러나 사람 좋은 매튜는 이렇게 말한다. "I kind of think she's one of the sort you can do anything with if you only get her to love you."(내가 보기엔, 그 애가 너를 사랑하게 만들기만 하면 그 애는 얼마든지 네가 원하는 대로 따라올 거야.)

교육을 이유로 자칫 아이를 엄하게 다룰 것 같은 마릴라에게, 아이를 변화시킬 수 있는 힘은 사랑이라고, 그러니 아이의 마음을 얻으라고 매튜는 말하고 있다. 그러나 우리는 이 말에 숨은 뜻을 안다. 아이의 사랑을 얻는 방법은 그 무엇보다도 아이를 먼저 사랑하는 것이라는 사실을 말이다. 자유와 사랑은 이렇게 맞물린다.

사랑 안에서 자유롭다는 말을, 누군가를 마음대로 하고 싶다면 먼저 그를 사랑하라는, 그러면 그 누군가를 진실로 자유롭게 할 수 있다는 구구절절한 말을 매튜는 저 한 문장으로 간단히 전한다. 앤에게 필요한 것이 바로 사랑이라는 것도 단번에 꿰뚫어 본다. 평상시에 말이 적은 사람이 머뭇머뭇 꺼내는 한마디 말이 때로는 이렇게 깊고 오래 울린다.

7

Just feel a prayer

그냥 기도를 느껴요

마릴라는 앤을 재우기 위해 앤의 방으로 올라온다. 입었던 옷을 얌전히 개어놓는 일부터 생활습관 지도에 들어간 마릴라는 앤에게 잠자리에 들기 전 기도를 하라고 말했다가 예상치 못했던 난관에 부딪힌다.

마릴라가 "Say your prayers now and get into bed."(이제 기도하고 잠자리에 들렴) 하고 말하자, 앤이 천연덕스럽게 "I never say any prayers."(전 기도해본 적이 없어요)라고 말했기 때문이다. 마릴라는 너무도 놀라서 앤에게 하느님이 누구신지 모르냐고 묻는다. 그러자 앤은 하느님에 대한 너무도 멋진 묘사를 읊는다. 마릴라가 안심하려는 찰나, 앤은 그 표현들이 너무 멋져서 외웠노라고 말해 마릴라를 대경실색하게 만든다.

"There's something splendid about some of the words. 'Infinite, eternal and unchangeable.' Isn't that grand? It has such a roll to it—just like a big organ playing. You couldn't quite call it poetry, I suppose, but it sounds a lot like it, doesn't it?"

"이 단어 중 몇 개는 정말 멋지지 않나요? '무한하고 영원하고 불변이신'—이 부분요. 정말 웅장하죠? 이 표현은 어찌나 어감이 좋은지 마치 커다란 오르간을 연주하는 소리 같아요. 이런 걸 꼭 시라고 할 수는 없을 테지만, 그래도 마치 시 같지 않나요?"

여기서 '무한하고 영원하고 불변이신'이라는 표현에 대해 앤이 'have a roll to it'이라고 말하는 부분을 보자. 'roll'은 무언가가 구른다는 뜻이므로, 말을 할 때 단어들이 입안에서 구르는 그 느낌이라고 생각하면 된다. 우리도 모국어를 할 때 입안에서 단어들이 매끈하게 잘 구르며 입안에 꽉 차는 맛을 느낄 때가 있지 않은가. 말을 할 때 입속의 공기를 적절히 조절하고 혀를 자유로이 움직이면 이런 느낌이 들곤 한다. 말에 담긴 메시지뿐만 아니라 말할 때의 소리와 느낌을 중요시하고 좋아하는 사람도 있다. 앤은 언어 감각이 뛰어나고 말을 좋아하는 아이이므로 당연히 말할 때 입안에서 구르는 단어들의 느낌을 즐긴다. 앞서 앤이 한 말은 그게 즐거운 사람이 아니면 할 수 없는 말이기도 하다.

어떻게 기도를 하지 않고 살 수 있느냐고 마릴라가 재차 묻자 앤은 뾰로통해진다. 빨강 머리로 태어나면 착해지는 것보다 못된 아이가 되는 것이 더 쉽고, 이전에 자신을 키워줬던 부인에게 하느님이 자신을 일부러 빨강 머리로 만들었다는 소리를 들은 이후로 하느님에게 신경을 껐다고 하면서, 앤은 쌍둥이를 돌보면 밤에 너무 지쳐서 기도를 할 여유가 없다는 말도 한다. 열한 살 어린이가 하는 이 불평들을 가만히 들여다보면 기도에 대한 앤의 심정이 충분히 이해가 간다.

하지만 앤은 기도에 대해 이렇게 말해 우리를 더욱 놀라게 만든다.

"Why must people kneel down to pray? If I really wanted to pray I'll tell you what I'd do. I'd go out into a great big field all alone or into the deep, deep, woods, and I'd look up into the sky—up—up—up—into that lovely blue sky that looks as if there was no end to its blueness. And then I'd just FEEL a prayer."

"왜 무릎 꿇고 기도해야 해요? 저라면 정말로 기도하고 싶을 때 이렇게 하겠어요. 혼자서 드넓은 들판 아니면 깊고 깊은 숲속으로 들어가는 거예요. 그리고 높이 아주 높이 펼쳐진 하늘을 올려다보죠. 끝도 없이 펼쳐진 그 아름다운 파란 하늘을 올려다보는 거예요. 그리고 나서 그냥 기도를 느낄래요."

틀에 박힌 교리문답으로 하느님을 배워 아는 것보다, 자연에 깃든 신의 영광을 느끼는 앤의 신앙이 더 순수한 것은 아닐까. 격식에 맞게 무릎을 꿇어 '아멘'이라 말하고 듣기 좋은 말을 바쳐 올리는 것보다 그저 신을 느끼는 앤의 기도가 백배, 천배 더 나은 기도가 아닐까 생각해본다.

앤의 매력은 이런 데에 있다. 틀에 갇힌 어른들과 달리 틀 밖의 시선으로 세상을 다시 발견하게 해주는 것. 이것은 어린아이를 키우며 느끼는 큰 기쁨 중 하나이기도 하다. 그럼에도 불구하고 마릴라는 앤에게 성경 공부부터 시켜야겠다고 다짐하지만, 우리는 알고 있다. 마릴라가 변하리라는 것을.

8

It's nicer to be Anne of Green Gables

초록 지붕 집의 앤이 되는 게 더 나아

화이트샌즈에서 앤을 다시 데리고 온 다음 날, 앤을 어떻게 하기로 결정했는지 마릴라가 말해주지 않아서 앤은 오전 내내 불안해한다. 점심(dinner)을 먹고 치운 후 이런저런 잔심부름을 시키고 더는 미룰 핑계가 없어진 다음에야 마릴라는 앤에게 초록 지붕 집에서 앤을 키우기로 했다고 알려준다.

요즘은 'dinner'가 저녁을 뜻하지만, 몇십 년 전까지만 해도 'dinner'는 점심이었다. 그래서 『빨강 머리 앤』을 원문으로 읽다 보면 'dinner'가 나온 후 'afternoon'이 언급되는 것을 볼 수 있다. 물론 오전이라는 의미로 'forenoon'이라는 단어가 쓰이는 것도 특이하기는 하다.

마릴라의 말을 들은 앤은 너무 기뻐서 운다. 그러면서 마릴라를 뭐라고 불러야 좋은지 묻는다. 'Miss Cuthbert'(커스버트 부인), 'Aunt Marilla'(마릴라 이모님) 등의 선택지 중에서 마릴라는 자신을 그냥 마릴라라 부르라고 말한다. 그건 무례하지 않냐고 묻는 앤에게 마릴라는 이렇게 대답한다.

"I guess there'll be nothing disrespectful in it if you're careful to speak respectfully. Everybody, young and old, in Avonlea calls me Marilla except the minister."

"공손하게 말하기만 한다면 마릴라라 부른다고 해서 무례할 건 없다고 생각한단다. 애번리에서는 늙은이건 젊은이건 모두 나를 마릴라라고 불러. 목사님만 빼고."

마릴라의 성격이 잘 드러나는 부분이기도 하다. 'Miss' 같은 타이틀도 거부하고, 'Aunt' 등의 호칭을 붙여 실제가 아닌 관계를 상정하는 것도 거부하며, 연상이건 연하건 태도가 공손하기만 하다면 자신을 그냥 마릴라라고 불러도 된다는 입장이다. 직함이나 칭호보다는 부르는 이의 마음과 태도가 가장 중요하다는 마릴라의 삶의 철학이 잘 드러나 있다.

마릴라가 자신의 이모라고 상상해볼 수 있지 않느냐는 앤의 말도 마릴라는 딱 잘라 거절한다. 그러자 앤이 눈을 휘둥그레 뜨며 묻는다.

"Do you never imagine things different from what they really are?"

"무언가를 사실과 다르게 상상해본 적이 전혀 없으세요?"

"응, 없다." 이 역시 단칼에 잘라 대답한 후 마릴라는 이렇게 덧붙인다.

"When the Lord puts us in certain circumstances He doesn't mean for us to imagine them away."

"하느님이 우리를 어떤 상황에 처하게 했다면 그 상황을 상상으로 망각하라는 뜻이 아니실 거야."

마릴라의 이 대답은 아주 놀랍다. 하느님이 주신 몫을 그대로 감당해야 한다는 소명 의식이 대단하지 않은가. 영어에서 'calling'이라 표현되는 소명은 주로 계급사회에서 쓰였던 단어인데, 태어난 자리에서 대대로 물려받은 직업을 신이 주신 몫이라 생각하고 감당한다는 의미에서 '직업'이라는 뜻으로도 쓰였다. 신이 그 자리로 불렀기 때문에 'calling'인 셈이다. 그러나 현대에는 주로 '소명'이라는 의미로 쓰인다.

마릴라는 자신에게 주어진 몫의 현실을 'imagine away', 즉 상상하여 쫓아버려서는 안 된다고 말한다. 있는 그대로 받아들여야 한다는 겸허함이 엿보인다. 어쩌면 마릴라에게 이러한 신념이 있었기에 남자아이 대신 잘못 온 앤이 예쁘지도, 고분고분하지도, 조용하지도 않지만 있는 그대로 받아들이고 키우기로 결정할 수 있었던 것인지도 모른다.

기도문을 외우고 난 앤은 근처에 혹시 단짝 친구(bosom friend)가 될 아이가 없느냐고 물어보는데, 다이애나 배리가 근처에 산다는 마릴라의 대답에 굉장한 관심을 보인다. 그러면서 자신이 토머스 부인 집과 해먼드 부인 집에서 사귀었던 가상의 친구 얘기를 꺼낸다. 앤은 토머스 부인 집에 있던 장식장 거울에 비친 자신의 모습을 케이티 모리스라 부르고, 해먼드 부인 집 근처 작은 계곡의 메아리를 비올레타라고 부르며 외로움을 달랬던 것이다.

마릴라는 앤에게 남들에게는 그 가상의 친구들 이야기는 하지 말라고 이른 후, 앤을 위층 침실로 올려보낸다. 앤은 위층에 올라가 상상의 나래를 펴다가 거울을 본다.

She danced up to the little looking-glass and peered into it. Her pointed freckled face and solemn gray eyes peered back at her.

"You're only Anne of Green Gables," she said earnestly, "and I see you, just as you are looking now, whenever I try to imagine I'm the Lady Cordelia. But it's a million times nicer to be Anne of Green Gables than Anne of nowhere in particular, isn't it?"

앤은 작은 거울로 춤추듯 다가가 들여다보았다. 그러자 주근깨 투성이의 갸름한 얼굴과 진지한 회색 눈동자가 거울 속에서 앤을 마주 보았다.

"너는 초록 지붕 집의 앤일 뿐이야." 앤이 진지하게 말했다. "레이디 코딜리어를 상상하려고 할 때마다 지금 내 눈에 보이는 모습대로 네가 보여. 하지만 딱히 어디에도 속하지 않은 앤보다는 초록 지붕 집의 앤이 되는 게 백만 배는 더 나아, 안 그래?"

친구가 없어서 가상의 친구를 만들어내고, 현실이 힘들어서 자신을 레이디 코딜리어라고 상상하던 앤이 처음으로 거울 속의 자신을 마주 보며, 집 없는 앤보다는 초록 지붕 집의 앤이 되는 게 더 낫다고 말하는 장면이다. 이렇게 앤은 '초록 지붕 집의 앤'이 되고, 작은 고아 소녀는 마침내 현실에서도 자신을 긍정하기 시작한다.

9

The sting had gone out of that memory

기억에서 가시가 빠지는 데 걸리는 시간

애번리에서 오지랖 넓기로 소문난 린드 부인이 마침내 초록 지붕 집에 온다. 커스버트 남매가 들인 고아가 어떤 아이인지 궁금해 견딜 수 없었던 것이다. 앤은 보름 정도 초록 지붕 집에서 지낸 터라 어느 정도 집에 적응도 하고, 여가 시간에 근방을 샅샅이 돌아다니며 아름다운 나무와 꽃과 시냇물 들을 즐기고 있던 참이었다. 린드 부인은 밖에서 놀다가 집으로 들어서는 앤을 보며 대뜸 이렇게 말한다.

"Well, they didn't pick you for your looks, that's sure and certain," was Mrs. Rachel Lynde's emphatic comment. Mrs. Rachel was one of those delightful and popular people who pride themselves on speaking their mind without fear or favor. "She's terrible skinny and homely, Marilla. Come here, child, and let me have a look at you. Lawful heart, did any one ever see such freckles? And hair as red as carrots! Come here, child, I say."

"널 외모를 보고 고르지 않았다는 건 확실하구나." 린드 부인이 단호하게 말했다. 린드 부인은 거리낌이나 치우침 없이 생각하는 대로 말하는 것에 자부심을 느끼는, 제법 명랑하고 인기 있는 부류에 속하는 사람이었다. "얘는 너무 마르고 못생겼네요, 마릴라. 이리 와보렴, 얘야. 어디 한번 보자. 맙소사, 주근깨가 어쩜 그렇게 많니? 머리카락은 또 당근처럼 빨갛네. 이리 오라니까, 얘야, 어서."

'speak one's mind'는 생각하는 대로 말한다는 뜻이다. 이런 성격의 사람들은 정직함과 정의로움이 같은 거라 착각하는 경향이 있다. 'lawful heart'라는 표현은 이제는 거의 쓰지 않는데 'Oh My God' 혹은 'Jesus Christ' 정도의 뜻으로, 신심 깊은 기독교인들이 차마 신과 예수의 이름을 입에 담을 수 없어서 대신 저런 표현을 쓰곤 했다.

린드 부인의 행동은 고아라는 사회적 약자 앞에서 정상 가족의 일원이 자신의 권력을 어떻게 휘두를 수 있는지 잘 보여준다. 사람을 앞에 세워놓은 채 대놓고 외모를 품평하다니, 마치 상품을 잘못 선택했다며 현명한 소비를 하지 않았다고 질책하는 참견

쟁이 친구 같지 않은가. 앤은 참지 못한다. "아줌마, 싫어요! 싫어요! 싫다고요!" 하고 소리 지르며 "만약 아줌마가 뚱뚱하고 둔하고 상상력이라고는 조금도 없는 것 같다는 말을 들으면 어떻겠어요?"라고 반박한다. 역지사지도 모르는 어른을 꼬집는 당찬 열한 살 소녀이다.

마릴라는 당황해서 앤에게 위층으로 올라가라고 말한 후, 린드 부인과 마주 앉아 얘기를 하는데 자꾸 자신도 모르게 앤 편을 든다. 앤을 저대로 둘 거냐는 린드 부인의 말에 마릴라는 이렇게 말한다.

"I'm not trying to excuse her. She's been very naughty and I'll have to give her a talking to about it. But we must make allowances for her. She's never been taught what is right. And you WERE too hard on her, Rachel."

"아이 역성을 들려는 게 아니에요. 아이는 정말 버르장머리 없이 굴었어요. 그 점에 대해서는 아이한테 한마디 할 거예요. 하지만 이 아이 사정을 우리가 좀 봐줘야 해요. 아이는 제대로 교육을 받은 적이 없잖아요. 그리고 레이철, 당신도 애한테 너무 심했어요."

마릴라는 벌써 팔이 안으로 굽는다. 앤이 고아원에서 자라 제대로 배우지 못했으니까 봐줘야 한다면서, 린드 부인에게 외려 앤에게 심했다고 지적한다. 'be hard on someone/something'은 '…에게 심하게 대하다'라는 뜻이다. 이에 린드 부인은 앤에게 매를 들어야 한다며, 자신이 이렇게 제대로 대접을 못 받으면 다시 초록 지붕 집에 오기 힘들 거라면서 가버린다.

마릴라는 골치가 아프다. 나이 오십이 되도록 미혼으로 산 여성이 아이를 어떻게 혼내야 하는지 알기란 힘들지 않겠는가. 마릴라는 위층으로 올라가 앤을 꾸짖는다. 그런 건 창피한 행동이라는 마릴라의 질책에 앤은 마릴라 면전에서 누가 그런 말을 하면 기분이 어떨지 상상해보라며 강력하게 맞선다.

마릴라는 오래전 기억을 떠올린다. 이모 중 한 명이 어린 마릴라를 보고 "What a pity she is such a dark, homely little thing." (저렇게 피부도 까맣고 못생긴 어린애라니 참 안됐네)이라고 말했던 기억이 떠올랐고, 그 말에 아픔을 느끼지 않기까지 꼬박 50년이 걸렸다는 걸 깨닫는다.

Marilla was every day of fifty before the sting had gone out of that memory.

마릴라는 기억에서 그 가시가 빠지는 데에 꼬박 50년이 걸렸다.

'Every day of fifty'에서 'fifty'는 'fifty years old'를 말한다. 'Every day'는 강조의 의미로, 직역하면 '하루도 안 빼고 50년' 정

도의 의미가 된다. 마릴라는 어릴 적 들었던 외모 품평이 수십 년 동안 가시가 되어 사람을 찌른다는 것을 기억해내고, 어린 앤의 마음을 헤아린다.

그러나 앤이 상처받은 것과 상처받았다고 어른에게 대든 것은 별개의 문제인지라, 마릴라는 앤에게 린드 부인에게 가서 사과드리라고 말한다. 그러자 앤은 린드 부인을 영원히 용서할 수 없을 거라며, 사과를 안 하면 자기 방에서 나가지 못하는 벌을 받게 되는데도 완강하게 버틴다.

앤은 촘촘히 엮인 마을 공동체의 일원으로 살아가는 법을 아직 잘 모른다. 그래서 불편하지만 더불어 살아야 하는 사람을 참아주는 법 역시 모른다. 이전에는 누구나 자신을 마구 부리고 함부로 대했기에 그런 이들을 올려다보며 분노하는 것이 어쩌면 당연했다. 그러나 이제 공동체 안에 정식으로 자신의 자리가 주어진 이상 '올려다보며' 분노를 터뜨리는 일이 능사는 아님을 알아야 한다. 이제는 불편해도 고개 숙이는 법을 배워야 하는 때가 앤에게 온 것이다.

10

Handsome is as handsome does!

얼굴보다는 마음씨!

마릴라는 린드 부인과의 일을 매튜에게 얘기하지 않으려고 했다. 하지만 다음 날 아침 앤이 식탁에 모습을 드러내지 않자 말할 수밖에 없게 된다. 식사는 방으로 가져다줄 거냐며 앤이 굶을까 봐 걱정하는 매튜의 말에, 마릴라는 사과할 때까지 방에서 나오지 말라고 한 거지 굶겨가면서 아이를 가르치지는 않는다고 답한다.

"When did you ever hear of me starving people into good behavior?"

"내가 버릇 고치겠다고 누구 굶긴 적 있어요?"

이 대사에서는 'into'라는 전치사를 눈여겨볼 필요가 있다. 영어는 '버릇 고치겠다고'라는 구절을 전치사 'into'를 이용해 짧게 축약하는 '맛'이 있다. 이 맛에 영어를 하는 게 즐겁기도 하다. 'into'는 '변화'를 나타내는 전치사로, 'into something'은 그래서 '무언가를 하게 만드는'이란 뜻으로 쓰인다. 'talk someone into A'라고 하면 'someone을 말로 설득해서 A 하게 만든다'는 뜻이 된다. "Don't talk me into wearing leggings!"라고 하면 "나한테 레깅스 입으라고 설득하지 마!"라는 뜻이 된다.

매튜는 마릴라 몰래 앤의 방으로 올라가 앤에게 사과를 하는 것이 어떻겠느냐고 말한다. "네가 아래층에 안 내려오니 외롭잖니."라고 말하는데 앤이 어떻게 거부하겠는가. 그래서 앤은 마릴라에게 가서 린드 부인에게 사과를 하고 오겠다고 말한다. 린드 부인 집으로 가는 마릴라와 앤의 모습을 묘사한 장면이 재미있다.

Accordingly, after milking, behold Marilla and Anne walking down the lane, the former erect and triumphant, the latter drooping and dejected.

그렇게 해서 소젖을 짠 후, 마릴라와 앤이 오솔길을 내려가는 모습을 보라. 마릴라는 꼿꼿하게 몸을 편 승자의 모습이고 앤은 축 처져서 실의에 빠진 모습이었다.

그러다 길을 절반쯤 가서 앤의 태도가 확 달라진다. 앤이 몸을 곧추세우고 턱을 든 당당한 자세로 바뀌자 마릴라는 내심 불안해진다. 그런데 린드 부인 집 근처에 도착하자 앤은 다시 풀이 죽은 불쌍한 모습으로 자세를 바꾼다. 아니나 다를까, 앤은 린드 부인 앞에 무릎을 꿇고 아주 감동적으로 진심이 느껴지는 사과를 한다.

마릴라는 무언가가 꺼림칙하다. 앤이 진심인 건 의심치 않으나, 스스로의 행동에 도취한 듯 보였기 때문이다. 린드 부인은 앤의 사과를 받고 금방 용서를 해준다. 사실 어린 고아 소녀가 와서 무릎까지 꿇고 잘못을 비는데 용서를 안 해줄 수도 없지 않을까 싶다.

초록 지붕 집으로 돌아가는 길, 앤은 역시나 자신이 배우처럼 사과를 멋지게 해낸 것에 도취되어 있다. "저 정말 사과 잘하지 않았나요?"라고 묻는 앤에게, 사과를 너무 잘했다고 꾸짖을 순 없으나 영 개운치 않았던 마릴라는 앞으로는 사과할 일을 만들지 말라고 대답한다. 앤이 누군가가 자기 외모를, 특히 빨강 머리를 놀리는 건 참을 수 없다고 하자 마릴라는 자신이 자주 쓰는 격언을 인용하며 앤을 타이른다.

"Handsome is as handsome does."

"얼굴보다는 마음씨!"

사실 이 해석은 의역이고, 직역하면 '잘생긴 행동을 해야 잘생긴 거지!'라는 뜻이다. 보기에 잘생긴 게 중요한 것이 아니라 하는 행동이 좋아야 잘생겨 보인다는 뜻이다. 이 말은 여러 표현으로 응용해볼 수 있다. 'Pretty is as pretty does!'라고 하면 '예쁜 짓을 해야 예쁜 거지!'가 된다. 이런 식으로 여러 형용사들을 넣어서 다양하게 활용할 수 있다.

계속 떠드는 앤에게 조용히 하라고 한 후 고요 속에서 집으로 돌아가는 길, 앤은 집에 거의 다 도착했을 즈음 마릴라의 손에 자기 손을 밀어넣는다.

Anne suddenly came close to Marilla and slipped her hand into the older woman's hard palm. "It's lovely to be going home and know it's home," she said. "I love Green Gables already, and I never loved any place before. No place ever seemed like home. Oh, Marilla, I'm so happy. I could pray right now and not find it a bit hard."

Something warm and pleasant welled up in Marilla's heart at touch of that thin little hand in her own—a throb of the maternity she had missed, perhaps. Its very unaccustomedness and sweetness disturbed her. She hastened to restore her sensations to their normal calm by inculcating a moral.

앤이 갑자기 마릴라 가까이 다가오더니 자기 손을 마릴라의 굳

은살 박인 손 안에 슬쩍 밀어넣었다. "집으로 가는 거, 그리고 집이라는 걸 아는 거, 너무 좋아요. 전 벌써 초록 지붕 집을 사랑하나 봐요. 이전에는 그 어떤 곳도 사랑한 적이 없어요. 어떤 곳도 집처럼 느껴지지 않았으니까요. 아, 마릴라, 전 너무 행복해요. 지금 당장이라도 별 어려움 없이 기도도 할 수 있을 것 같아요." 앤이 말했다.

마르고 작은 손 하나가 자기 손을 만지자, 마릴라의 마음속에서 무언가 따뜻하고 즐거운 기운이 솟아올랐다. 모르고 살았던 모성이 고동치는 것 같았다. 이 어색하고 달콤한 감정에 마릴라는 혼란스러웠다. 그래서 훈계하는 말을 해 평상시의 침착함을 되찾으려고 마릴라는 서둘러 말했다.

감정을 표현하는 데 서투른 마릴라는 그렇게 자기 감정을 숨긴다. 하지만 말로 표현하지 못하는 감정은 때론 행동으로 더 진하게 배어나는 법이다. 격하게 말을 쏟아내는 것 말고는 자신의 감정을 표현할 줄 몰랐던 어린 소녀는 이제 매튜, 마릴라와 함께 살면서 배우게 될 것이다. 천천히 스미는 감정이 때로는 더 강력하다는 것을.

11

The person of this outspoken morsel of neglected humanity

세상에서 홀대받는 그러나 거침없는 입담의 작은 인간

마릴라는 앤에게 새 옷을 만들어준다. 세 벌의 원피스(dress)는 마릴라의 평소 스타일대로 아주 검소하고 단순하다. 마릴라는 앤에게 옷을 건넨 후 "How do you like them?"(어때?)이라고 묻는다. 어떤 것에 대한 의견 혹은 느낌을 묻는 표현이 바로 "How do you like something?"이다. "과거에 그거 어땠어?", "그거에 대한 의견 혹은 느낌은 어때?"라고 물을 때에는 "How did you like something?"도 괜찮고 "How did you find something?"이라고 해도 좋다. 이때 'find'는 '찾다'라는 뜻이 아니라 '알게 되다' 정도의 뜻이다. 5형식으로 쓰이는 'find'가 바로 이 뜻인데, 잘 쓰면 아주 재미있는 뉘앙스를 표현할 수 있다.

앤은 소녀들 사이에 유행하는 퍼프 소매가 없는 원피스에 실망한다. 차마 '마음에 안 들어요.'라고는 말하지 못하고 "I'll imagine that I like them."(마음에 든다고 상상할게요)이라고 대답한다. 마릴라는 이게 또 마뜩잖다. 외모에만 치중하는 허영을 쓸데없는 것이라고 믿으며 수십 년을 살아온 중년 여성은 자신도 어릴 적에 겪었을 감정을 기억하지 못한다.

아이를 키우면서 배운 바가 있다. 작은 장난감 하나가 없어지거나 부서지면 아이는 서럽게 울어댄다. 아이의 눈으로 세상을 보니, 겨우 가족이 세상의 전부인 작은 영혼에게는 그 장난감 하나가 너무도 중요할 것 같았다. 그런데 같이 살던 할아버지가 "뭘 그까짓 거 가지고 울어!"라고 혼을 내고, 그런 아이를 감싸는 내게 "그렇게 애를 싸고도니 아이를 망치는 거다!"라고 하시는 말을 들었을 때 굉장히 가슴이 아팠다.

아이는 아직 자신의 세상보다 더 넓은 세상을 알 수도, 상상할 수도 없지 않은가. 하지만 어른은 어린 시절을 지나왔으니 능히 아이 심정을 헤아릴 수도 있을 텐데, 아이에게 어른의 기준을 강요하고 어른의 권력으로 아이를 너무 쉽게 윽박지르는 것이 이해가 되지 않았다. 작은 아이의 세상을 더 큰 세상에 사는 어른이 감싸지 않는데 아이가 어떻게 자기 세상을 사랑할 수 있겠는가.

마릴라는 앤에게 감사해야 한다고 말한다. 앤은 감사하다고, 하지만 퍼프 소매였으면 더 감사했을 거라고 말한다. 어떻게 보면 어린이가 어른보다 더 이해심이 깊은(more understanding) 것 같다. 그렇게 앤은 새로 지은 옷 중 검은색 새틴 옷을 입고 처음으로 주일예배에 나간다. 몸이 아파 예배에 못 가게 된 마릴라가 앤에게 린드 부인과 동행하라고 시키지만, 앤이 린드 부인 집에 갔을 때에 린드 부인은 이미 교회로 떠난 후였다. 그래서 앤은 혼자 교회로 간다. 가는 길에 예쁜 퍼프 소매를 상상하다가, 퍼프 소매보다 더 예쁜 꽃들을 보고는 그 꽃들로 모자를 한껏 화려하게 장식한 후 교회에 들어선다.

그렇지 않아도 이미 린드 부인과 초록 지붕 집에서 일하는 소년이 앤에 대해 안 좋은 소문을 퍼뜨린 터라, 앤은 자신을 쳐다보는 사람들의 시선을 느끼며 혼자 기도와 주일학교와 예배를 감당해야 했다. 주일학교에서는 자신도 모르는 새 로저슨 선생님이라는 꼬장꼬장한 중년 여성의 반에 배정이 되어, 앤만 유별나게 질문 세례를 받는다. 앤은 용감하게도 개의치 않는다. 대답할 수 있는 건 대답하고, 모르는 건 모른다 하고, 외우라는 건 외우고 혼자 집으로 잘 돌아온다.

그리고 교회가 어땠는지 말해보라는 마릴라에게 앤은 벨 장로님의 기도가 몹시 길고 지루했지만, 그래도 창가에 앉은 덕에 창밖의 풍경을 보며 견뎠다고 대답한다. 그리고 로저슨 선생님의 교리문답은 질문이 많았으나 잘 답했고, 외우라고 준 구절도 시적이라 좋았다며 앤은 그 구절을 외워 보인다. 또한 예배 시간에 가

족석을 찾아 잘 앉았고, 목사님의 계시록 설교도 굉장히 길고 지루했다고 답해서 마릴라를 걱정하게 만든다. "You should have listened to Mr. Bell."(벨 장로님의 기도를 듣고 있었어야지!) 마릴라가 이렇게 말하자 앤의 대답이 걸작이다.

"But he wasn't talking to me," protested Anne. "He was talking to God and he didn't seem to be very much interested in it, either. I think he thought God was too far off though. There was a long row of white birches hanging over the lake and the sunshine fell down through them, 'way, 'way down, deep into the water. Oh, Marilla, it was like a beautiful dream! It gave me a thrill and I just said, 'Thank you for it, God,' two or three times."

"Not out loud, I hope," said Marilla anxiously.

앤은 항변하듯 대답했다. "하지만 벨 장로님은 저한테 말을 걸고 있었던 게 아니잖아요. 하느님한테 말을 걸고 있었는데, 벨 장로님도 자기가 하는 말에 관심이 없어 보였어요. 하느님이 너무 멀리 떨어져 있다고 생각하시나 싶더라고요. 창밖에는 하얀 자작나무들이 호수를 따라 길게 늘어서 있었는데, 그 사이로 햇살이 들어와 호수 깊은 곳까지 비추었어요. 아, 마릴라, 마치 꿈같았어요! 그걸 보니 전율이 일었고 그래서 '감사합니다, 하느님, 이 광경들에 감사드려요.'라고 무심코 서너 번 말해버렸어요."

"큰 소리로 말한 건 아니겠지." 마릴라가 걱정스럽게 말했다.

역시 남들의 이목에 신경 쓰는 어른다운 반응이다. 앤은 기도의 본질을 누구보다 잘 알고 있는 것 같다. "하느님이 너무 멀리 떨어져 있다고 생각하시나 보다" 했다는 앤의 말을 들으면 회중 앞에서 하는 벨 장로의 기도 안에 진심이 없음을 느끼고 있는 듯하다. 앤은 오히려 창밖의 아름다운 자작나무들과 호수, 그렇게 바로 옆에 '숨어 있는 신'을 더욱 가까이 느끼고 이에 감사한다. 어린아이의 눈으로 어른들의 겉치레 신앙을 꿰뚫어보고, 자연 속에 내재하는 신을 만나는 경험은 축복이다. 최소한 이런 어린아이들을 보며 다시 깨우칠 수만 있어도 축복일 것이다.

마릴라는 앤을 꾸짖어야 한다고 생각하다가도 앤의 말 중 일부는 부인할 수 없는 사실이라는 점, 특히 장로나 목사의 설교와 기도에 대해서는 자신도 여러 해 동안 그렇게 느꼈으나 표현하지 못하고 있었다는 생각에 멈칫한다.

It almost seemed to her that those secret, unuttered, critical thoughts had suddenly taken visible and accusing shape and form in the person of this outspoken morsel of neglected humanity.

이는 마릴라에게는 그간 말 못 하고 묻어두었던 비판적인 생각들이 세상에서 홀대받는 그러나 거침없는 입담의 작은 인간 한 명의 입을 통해 비난의 형태로 튀어나온 것과 진배없었다.

애번리 마을이라는 집단 속에서 앤이라는 고아 소녀 한 명은 'a morsel', 즉 그저 한 조각에 불과할지도 모른다. 그러나 하느님이 말씀하신다면 세상에서 가장 홀대받는 존재의 입을 통해 말씀하시리라는 믿음, 그런 믿음이 있으면 사람은 어린아이의 말을 통해서도 변할 수 있다. 이것이야말로 진짜 믿음이라고 나는 믿는다. 앤을 통해 변화하는 마릴라의 모습이 새삼스럽게 다가오는 이유이기도 하다.

12

Anne's cup of happiness was full

앤의 행복의 컵이 가득 차다

마릴라는 다음 금요일이 되어서야 앤이 모자에 꽃을 잔뜩 꽂은 채 교회에 갔다는 사실을 알게 된다. 왜 그런 우스꽝스러운 짓을 했느냐는 마릴라의 말에 앤은 역시나 조리 있게 대답한다.

"I don't see why it's any more ridiculous to wear flowers on your hat than on your dress," protested Anne. "Lots of little girls there had bouquets pinned on their dresses. What's the difference?"

"모자에 꽃을 꽂는 게 왜 원피스에 다는 것보다 더 우스꽝스러운지 모르겠어요. 교회에 있는 많은 여자애들이 꽃다발을 수놓은 원피스를 입고 있던걸요. 차이가 뭐예요?" 앤이 항의했다.

여기서 주목해서 보아야 할 것은 'wear' 동사이다. 우리말은 몸에 걸치는 품목에 따라 사용하는 동사가 입다, 신다, 끼다, 달다 등으로 달라지지만 영어는 언제나 'wear'를 사용한다. 꽃을 모자에 꽂아둔 것도 'wear flowers on one's hat'이고, 원피스에 꽃무늬가 달린 것도 'wear flowers on one's dress'이다.

사실 몸에 걸치는 많은 것들에 'wear'를 쓸 수 있다. 머리부터 발끝까지 죽 읊어보자면 wear a hat, glasses, dentures(틀니), braces(치아 교정 장치), a necklace, a scarf, a belt, pants, socks, boots, heels 등이 해당된다. 심지어 화장도 'wear makeup'이고 미소를 짓는 것도 'wear a smile'이라고 할 수 있다. 물론 'wear'는 '입고 있다'라는 상태를 나타내므로, '입다'라는 동작을 말하고 싶으면 'put on'을 쓰면 된다. '그녀의 화장이 진하다.'라는 표현은 'She is wearing thick makeup.'이라고 하면 된다. (이름표, 배지, 완장 등과 같이 부수적으로 몸에 다는 것, 즉 '패용'하는 것은 'bear'라는 동사를 쓴다. 그래서 '배지를 달고 다니다'는 'bear a badge'이다.)

앤이 그렇게 하고 다니면 마릴라 자신이 험담을 듣게 된다는 말에 앤은 울음을 터뜨린다. 미안하다며 자신을 키우는 일이 그렇게 힘들면 고아원으로 돌려보내도 된다고 말한다. 아마 그렇게 되면 자신은 결핵에 걸려 죽을지도 모르겠다고 하면서. 아이의 깜찍한 과장법이다.

마릴라는 그런 일은 없을 거라고, 행동거지를 바르게 하면 된다고 말하면서 이웃집인 배리 씨 집에 다이애나가 돌아왔다고 알려준다. 배리 부인에게 스커트 패턴을 빌리러 갈 건데 앤도 같이 가서 다이애나와 친구가 될 수 있는지 보자고 하자, 앤은 너무 흥분해서 손을 모아 쥐고 벌떡 일어난다.

Anne rose to her feet, with clasped hands, the tears still glistening on her cheeks; the dish towel she had been hemming slipped unheeded to the floor.

앤은 손을 모아 쥐고 벌떡 일어섰다. 빰 위에 여전히 눈물이 반짝이고 있었고, 감침질을 하고 있던 행주는 그 바람에 바닥으로 떨어졌다.

이 문장에서는 '벌떡 일어나다'라는 표현에 주목하면 좋다. 서 있는 상태를 '접촉'을 나타내는 전치사 'on'을 이용해서 'on one's feet'이라고 표현하면 '서 있는 중'이라는 뜻이 된다. '나는 하루 종일 서 있었다.'라는 말은 'I've been on my feet all day.'라고 표현한다. 'on one's feet'을 기본으로 방향의 전치사 'to'를 쓰면 서 있는 상태로 변화하는 게 되어서 'to one's feet'은 동작을 표현하게 된다. 'To your feet!'이라고만 해도 '일어서!'라는 뜻이 되긴 하는데 이건 군대에서나 쓰는 아주 강압적인 명령어이고, 3인칭으로 서술할 때에 'He jumped to his feet.'이라고 하면 '그는 벌떡 일어났다.'가 된다. 'She rose to her feet.'도 마찬가지 표현이다.

마릴라와 앤은 드디어 함께 배리 씨 집으로 간다. 혼자 책을 읽고 있던 검은 머리, 검은 눈, 장밋빛 뺨의 예쁜 소녀 다이애나는 앤과 함께 정원으로 나가 거닐기 시작하는데, 둘은 금세 친해진다. 이 소설에서는 '절친한 친구'를 'bosom friend'('가슴으로 품는 친구' 정도의 뜻이다)라고 하는데, 요새는 이런 표현을 쓰지 않고 주로 'bff'라고 한다. 'best friend forever'의 약자로 여학생들이 즐겨 쓴다. 앤과 다이애나는 흐르는 강물 위 다리에 서서 영원히 친구가 되겠다는 맹세를 한다.

집으로 돌아오는 길에 앤은 너무도 행복하다. 다이애나와 함께 할 많은 것들을 계획하면서도 너무나 행복해한다. 마릴라는 일이 먼저이고 그다음에 놀아야 한다며 그런 앤을 자제시킨다. 하지만 매튜는 그렇지 않아도 행복한 앤을 더 행복하게 만든다.

Anne's cup of happiness was full, and Matthew caused it to overflow.

앤의 행복은 컵은 이미 가득 차 있었다. 그런데 매튜는 그 행복이 넘쳐흐르게 만들었다.

매튜가 앤에게 주려고 시내 상점에서 초콜릿 과자를 사 온 것이다. 이쯤 되면 행복에 날개를 달아주는 매튜 아저씨가 아닐 수 없다. 그날 밤, 마릴라도 마침내 이렇게 말한다.

"Dear me, it's only three weeks since she came, and it seems as if she'd been here always. I can't imagine the place without her. Now, don't be looking I told-you-so, Matthew."

"세상에나, 온 지 3주밖에 안 됐는데 저 아이는 줄곧 여기 있었던 것 같네요. 이젠 저 애가 없는 집을 상상할 수 없어요. 뭐, 그렇다고 그럴 줄 알았다는 표정 짓지 말아요, 매튜."

13

Looking forward to things is half the pleasure of them

기다리는 일이 절반의 기쁨

앤은 교회 주일학교에서 소풍을 간다는 소식에 너무 흥분해, 약속한 시간이 되었는데도 집으로 돌아와 바느질할 생각을 하지 않는다. 약속한 2시보다 늦게 집으로 돌아오다가 집 앞에서 매튜에게 소풍 얘기를 하느라 또 멈추는 바람에 앤은 3시 15분 전에야 집에 들어온다.

그러고는 다이애나와 '한적한 숲'이라고 이름 붙인 놀이 장소에 소꿉장난 집을 어떻게 만들었는지, '요정의 유리'라고 이름 붙인 깨진 램프 조각을 어떻게 발견했는지, 깨진 접시들로 어떻게 소꿉 살림을 차렸는지, 매튜가 소꿉놀이용 테이블을 어떻게 만들어 주기로 했는지, 그리고 결정적으로 소풍을 가면 앤이 평생 먹어본 적 없는 아이스크림을 나누어준다는 소식까지 숨도 쉬지 않고 이야기한다. 마릴라는 흥분해서 할 일을 하지 않는 앤이 걱정이다.

"You set your heart too much on things, Anne," said Marilla, with a sigh. "I'm afraid there'll be a great many disappointments in store for you through life."

"앤, 너는 바라는 것도 많구나." 한숨을 쉬며 마릴라가 말했다. "그렇게 살면 앞으로 실망할 일도 많을 거야."

'set one's heart on something'은 무언가를 간절히 바란다는 의미이다. 'heart', 즉 마음을 어딘가에 고정시켜둔다는 말은 바란다는 뜻이기 때문이다. 'many disappointments in store'에서 'in store'는 '보관 중인'이라는 뜻인데, 실망할 일이 'in store'라는 것은 앞으로 겪게 될 실망이 많다는 뜻이 된다.

중년인 마릴라는 그동안 살아온 경험에 비추어 바라는 게 많으면 실망할 일도 많다는 말을 해준다. 그러나 어린 소녀에게 이런 말이 먹힐 리가 없다.

"Oh, Marilla, looking forward to things is half the pleasure of them," exclaimed Anne. "You mayn't get the things themselves; but nothing can prevent you from having the fun of looking forward to them. Mrs. Lynde says, 'Blessed are they who expect nothing for they shall not be disappointed.' But I think it would be worse to expect nothing than to be disappointed."

"아, 마릴라, 무언가를 학수고대하며 기다리는 일이 절반의 기쁨인 걸요." 앤이 진지하게 말했다. "그 일 자체는 이루지 못할지도 몰라요. 하지만 그 일들을 기대하는 즐거움을 막을 수 있는 건 없어요. 린드 부인 말로는요, '아무것도 기대하지 않는 자는 복이 있나니, 실망하지 않을 것임이라'래요. 하지만 제 생각엔 실망하는 것보다 아무것도 기대하지 않는 게 더 나빠요."

실망하느니 기대를 하지 말자는 세월의 교훈을 배워버린 어른들과 기대하는 것이 절반의 기쁨이라는, 앞으로 살 세월이 창창한 소녀의 말이 교차한다. 아이가 살아보고 난 후 결국 같은 결론에 이르게 될지라도, 살아보고 알게 해주는 것이 어른의 임무가 아닐까 싶다. 살아보지도 않은 아이에게 "그래봤자 실망하게 돼!" 하고 초 치는 것이야말로 기대하며 누리는 절반의 기쁨을 망치는 일일 테니 말이다.

어른들은 아픔을 겪을 만큼 겪어보아서 심장을 지키는 법을 알기에 그렇게 말할 수 있다. 하지만 그 방어벽이라는 것도 아픔을 겪어보아야 생기는 것이지, 그저 기대조차 안 하고 지레 포기해서 아무 시련도 겪지 않으면 방어벽조차 생기지 않는다는 점을 때때로 어른들은 놓치고 만다. 아이가 저렇게 눈을 빛내면서 말할 때에는, 그렇게 기다리는 기쁨도 충만하게 느끼고, 그러다가 마음을 다치더라도 그것 역시 자신의 몫만큼 겪고, 자기 심장을 지키는 법도 그때 배우도록 해주는 게 낫지 않을까. 그 누구의 삶도 대신 살아줄 수는 없으니 말이다.

마릴라는 앤이 소풍 가는 것도 허락해주고, 도시락 바구니를 채울 빵과 과자도 구워주겠다고 약속한다. 앤은 기대에 가슴이 부푼다. 그 절반의 기쁨으로 앤의 작은 세계가 가득 찬다. 그러나 기쁜 일만 있으면 그 또한 삶의 순리에 어긋나는 법인지, 앤의 세계에 어두운 그림자가 슬그머니 깃들기 시작한다. 모든 사건은 마릴라의 자수정 브로치에서 시작되는데, 앤으로 하여금 눈물 콧물을 다 쏟게 할 그 자수정 브로치의 아름다움은 이렇게 묘사된다.

"Oh, Marilla, it's a perfectly elegant brooch. I don't know how you can pay attention to the sermon or the prayers when you have it on. I couldn't, I know. I think amethysts are just sweet. They are what I used to think diamonds were like. Long ago, before I had ever seen a diamond, I read about them and I tried to imagine what they would be like. I thought they would be lovely glimmering purple stones. When I saw a real diamond in a lady's ring one day I was so disappointed I cried. Of course, it was very lovely but it wasn't my idea of a diamond. Will you let me hold the brooch for one minute, Marilla? Do you think amethysts can be the souls of good violets?"

"아, 마릴라, 그건 정말 완벽하게 우아한 브로치예요. 그 브로치를 달고 어떻게 설교나 기도에 집중하시나 모르겠어요. 저 같으면 못 할 것 같거든요. 자수정은 말 그대로 달콤해요. 제가 상상했던 다이아몬드의 모습이 딱 그렇거든요. 오래전에 다이아몬드를 정말로 보기 전에 다이아몬드에 대해서 읽고는 어떤 모습일지 상상해봤어요. 사랑스럽게 빛나는 보라색 돌일 거라고 생각했죠. 그러다 어느 날 어떤 숙녀가 낀 다이아몬드 반지를 보고는 어찌나 실망했는지 울어버렸어요. 물론 다이아몬드는 아름다웠지만, 제가 생각했던 다이아몬드가 아니었어요. 마릴라, 제가 1분만 그 브로치를 들어봐도 될까요? 자수정은 멋진 제비꽃들의 영혼 같다는 생각 안 드세요?"

'I couldn't' 다음에 'pay attention to the sermon or the prayers'가 생략되어 있다. 자신이 그 브로치를 달고 교회에 가면 설교나 기도에 집중하지 못할 것 같다는 가정법 문장이다. 긴 말을 압축시켜버리는 묘미가 상당하다. 예를 들어 "난 안 울어, 그런데 너는 울어?"라고 말하고 싶을 땐, "I don't cry, and do you?"라고 하면 그걸로 충분하다. 'do you' 다음에는 물론 'cry'가 생략되어 있다.

자수정 브로치를 제비꽃의 영혼이라 부르며 동경하는 앤의 이 모습이 곧 일어날 사달의 단초가 된다. 사람을 쉽게 믿지 못하는 어른들의 의심은 이런 순수한 동경을 탐내는 마음으로 곡해할 수 있기 때문이다.

14

Anne's confession

앤의 고백 그리고 어른과 조건문

월요일 아침, 마릴라의 표정이 좋지 않다. 부엌에서 룰루랄라 다이애나가 가르쳐준 노래를 부르며 콩깍지를 까고 있는 앤에게 마릴라가 자수정 브로치를 봤느냐고 묻는다. 아무리 찾아도 보이지 않았던 것이다. 앤은 천진난만하게 대답한다. 지나가다가 너무 예뻐서 한번 달아보았노라고.

마릴라는 다시 샅샅이 찾아보지만 그래도 찾지 못하고, 마지막으로 브로치를 만진 앤을 계속 추궁한다. 앤이 자신은 방 밖으로 브로치를 가지고 나오지 않았다고 너무 당당하게 주장하는 바람에 외려 마릴라는 앤이 반항하는 거라 오해한다. 그래서 앤에게 자백할 때까지 동쪽 지붕 방에 가 있으라고 한다. 여기서 조건문이 등장한다.

"I believe you are telling me a falsehood, Anne," she said sharply. "I know you are. There now, don't say anything more unless you are prepared to tell the whole truth. Go to your room and stay there until you are ready to confess."

"거짓말을 하는구나, 앤." 그녀가 날카롭게 말했다. "거짓말이라는 거 알아. 자, 이제 사실을 전부 말할 준비가 될 때까지 더 이상 아무 말도 하지 마라. 네 방으로 가서 자백할 준비가 될 때까지 거기 있어."

마릴라는 번민한다. 그리고 나름 논리적으로 추론을 한다고 하지만, 사람이므로 믿고 싶은 것을 믿기를 택한다.

"I don't know what I wouldn't sooner have had happen," thought Marilla, as she nervously shelled the peas. "Of course, I don't suppose she meant to steal it or anything like that. She's just taken it to play with or help along that imagination of hers. She must have taken it, that's clear, for there hasn't been a soul in that room since she was in it, by her own story, until I went up tonight. And the brooch is gone, there's nothing surer. I suppose she has lost it and is afraid to own up for fear she'll be punished. It's a dreadful thing to think she tells falsehoods. It's a far worse thing than her fit of temper. It's a fearful responsibility to have a child in your house you can't trust. Slyness and untruthfulness—that's what she has displayed. I declare I feel worse about that than about the brooch. If she'd only have told the truth about it I wouldn't mind so much."

마릴라는 신경질적으로 콩깍지를 까면서 생각했다. '이 일도 마음에 안 들지만 다른 일이 일어났더라도 별 수 있겠어. 앤이 의도적으로 훔치려고 하지는 않았을 거야. 상상을 하며 놀려고 가지고 나갔겠지. 앤이 가져간 게 틀림없어. 그건 분명해. 그 애 말대로라면 그 애가 들어간 이후로 오늘 밤 내가 올라갈 때까지 그 방에 들어간 사람은 없으니까. 그러고 나서 브로치가 없어졌으니, 분명해. 아마 잃어버리고 나서 벌을 받을까 봐 무서워 사실대로 털어놓지 못하는 걸 거야. 그 애가 거짓말을 하는 건 생각만 해도 끔찍해. 성질을 부리는 것보다도 훨씬 안 좋은 일이지. 믿을 수 없는 아이를 집안에 들인 책임이라는 게 이래서 무서운 거라니까. 앤은 잔꾀를 부리고 정직하지 못했어. 브로치를 잃은 것보다 그게 더 속상해. 그 애가 사실대로만 말했으면 내가 이렇게까지 신경 쓰지 않을 텐데.'

이 부분은 읽을 때마다 가슴이 아프다. 사람이 한번 믿기로 작정한 일을 믿어버리면 이후 자연스레 논리가 따라와 믿어버린 일을 옳은 일로 만들어버린다. 고아 소녀는 세상 사람들의 믿음에서 너무나도 쉽게 제외되곤 한다. 어린 시절, 우리는 보지 않았던가. 교실에서 뭔가 비싼 물건이 없어지면 고아원 출신 아이나 옷차림이 가장 초라한 아이가 제일 먼저 범인으로 지목당하던 것을.

일이 잘 풀릴 때에는 상관없지만, 무언가 일이 꼬이면 고아에 대해 품고 있던 의심이 확대되어 불거져나오고, 이를 논리적으로 옳다고 스스로 납득하는 과정이 마릴라의 혼잣말에 잘 드러나 있다. 더군다나 이 경우엔 양육자와 입양된 아이라는 철저하게 기울어진 권력 관계라서, 앤이 신뢰받지 못하는 장면이 더 마음 아프다.

"You'll not go to picnics nor anywhere else until you've confessed, Anne."

"자백을 할 때까지 소풍이든 어디든 못 간다, 앤."

앤은 자백하지 않으면 소풍을 보내주지 않겠다는 마릴라의 말에 거짓 자백을 한다. 순진하게도 소풍을 너무 가고 싶어서, '자백하지 않으면, 소풍을 갈 수 없다'는 마릴라의 조건문에 밀려 '자백'을 한다. 앤은 이 조건문을 '자백하면 소풍을 갈 수 있다'로 해석한 것이다. 그래서 소풍 날인 수요일 아침, 앤은 거짓 자백을 한다. 그 브로치를 달고 다이애나와 함께 노는 장소에 갔다가 다리 위에서 몸을 굽혀 비추어 보던 중 브로치가 연못 속에 빠졌다고. 그런데 어른이라면 능히 짐작이 가능하겠지만, 이런 경우 어른은 자백을 했으니 소풍을 보내주는 게 아니라 잘못을 뉘우치지 않는 모습에 더 화가 나서 여전히 소풍을 보내주지 않게 된다.

앤은 밥도 먹지 않고 울며 방에 갇힌다. 자신은 결백하므로 나중에 마릴라가 후회할 테지만 미리 용서한다는 말까지 한다. 그리고 점심시간 후, 마릴라는 월요일 오후에 린드 부인 집에 갔다 오며 둘렀던 숄에 찢어진 부분이 있었다는 생각이 나서 수선하기 위해 그 숄을 꺼냈다가, 거기 달려 있는 브로치를 보게 된다. 브로치는 숄의 레이스 가닥에 걸려 있었다! 숄에 달린 브로치를 발견하고 나서 앤에게 간 마릴라는 조건문으로 사과를 한다.

"So if you'll forgive me, Anne, I'll forgive you."

"그러니까, 네가 용서하면 나도 용서할게."

어린이가 조건문을 온전히 이해하는 나이는 만 열두 살 정도부터라고 한다. 실제 아이를 키우다 보니 초등학교 입학 전에 "…하면, 장난감 가지고 못 놀아!"라고 말하면 아이는 울음을 터뜨렸다. 어린아이는 앞의 조건문은 이해하지 못하고, 뒤의 '가지고 못 놀아'만 이해할 수 있다는 걸 나중에 아동 발달 단계를 공부하면서야 알았다. 한 살 한 살 나이가 들수록 조건문에 대한 이해는 높아지지만, 대체로 어린이들은 만 열두 살은 되어야 어른이 상정하는 조건을 이해하고, 행동을 조절해야 한다는 메시지를 제대로 이해할 수 있다고 한다.

열한 살의 앤은 조건문을 'literally'(문자 그대로) 이해하기는 했으나, 정말 문자 그대로만 이해하는 한계를 보여준다. 어린이라서 그럴 수밖에 없다. 자신이 원하는 혹은 믿는 대답을 얻어내기 위해 어른들이 조건문에 어떤 함의를 담을 수 있는지까지는 파악하지 못한 것이다. 그래서 어른의 조건문은 실상을 알고 나면 때론 참으로 구차하다.

결국 마릴라는 앤이 소풍을 너무 가고 싶어 거짓 자백을 했음을 알게 되고, 앤에게 얼른 소풍 갈 준비를 하라고 말해준다.

"And now get yourself ready for the picnic."

"이제 소풍 갈 준비를 하렴!"

이 말에 앤은 얼마나 기뻤는지 'flew up like a rocket'(로켓처럼 날아오른다). 로켓처럼 날아올랐다는 표현이 아주 재미있다. 그렇게 지독한 일들을 겪고 울고불고하다 앤은 마침내 꿈에 그리던 소풍을 간다. 그리고 최고로 행복한 상태가 되어 실컷 즐기다 완전히 지쳐서 돌아온다. 호수에서 뱃놀이도 하고, 아이스크림도 먹었다면서 앤은 이렇게 말한다.

"Words fail me to describe that ice cream. Marilla, I assure you it was sublime."

"말로는 그 아이스크림을 묘사할 수 없어요. 마릴라, 너무 황홀했다니까요."

'words fail someone', 즉 '말이 누군가를 실패시켰다'는 건 누군가가 말로 표현할 수가 없다는 뜻이다. 그런데 이런 표현도 있다. "You failed me!" 기대에 부응하지 못하는 아들에게 아버지가 이 말을 하는 걸 본 적이 있는데, 흔히 "넌 날 실망시켰어!"라고 번역되지만 실제 의미는 그보다 잔혹하다. 사실상 "너 때문에 나는 망했어."라고 말하고 있는 셈이기 때문이다. "아들, 네가 실패자야. 너 없으면 나는 실패가 아니야." 참으로 잔혹한 메시지 아닌가.

앤의 다사다난했던 하루가 이렇게 마무리된다. 마릴라는 그날 밤 매튜 앞에서 자기 잘못을 인정한다. 자신이 그렇게 몰아가서 앤이 거짓 자백을 할 수밖에 없었다고 인정한다. 그리고 이 아이는 제대로 크겠다고 말하며 이런 결론을 내린다.

"And there's one thing certain, no house will ever be dull that she's in."

"한 가지는 분명해요. 이 아이가 있는 집은 절대 지루하지 않을 거예요."

"All's well that ends well."(끝이 좋으면 모두 좋다)라는 말이 있다. 하지만 마릴라의 자수정 브로치 분실 사건은 좋게 끝났어도 여전히 뭔가가 꺼림칙하다. 조건문을 쓰는 어른의 모습이 초라했기 때문이다.

15

The iron has entered into my soul

쇠가 영혼에 들어오다

이번 장에서는 『빨강 머리 앤』에서 가장 유명한 에피소드가 펼쳐진다. 미래에 앤의 남편이 되는 길버트 블라이드가 아주 인상적으로 등장하기 때문이다. 9월이 되어 앤은 다이애나와 함께 학교에 나가기 시작한다. 학교까지 빨리 갈 수도 있지만, 앤의 말을 빌리자면 '낭만적인' 길을 구경하며 걷느라 둘은 돌아 돌아 걸어서 간다. 걸어가는 길의 단풍나무들에 대해 앤은 이렇게 얘기한다.

"Maples are such sociable trees," said Anne; "They're always rustling and whispering to you."

"단풍나무들은 정말 다정한 나무들이야." 앤이 말했다. "얘네들은 늘 부스럭거리면서 뭐라 뭐라 속삭이잖아."

『빨강 머리 앤』 전체에 걸쳐서 그렇지만, 캐나다 작은 섬마을의 아름다운 자연 풍경에 대한 묘사를 읽다 보면, 어떤 관찰력과 애정과 섬세함을 가져야 이런 묘사가 가능한 건지 궁금해진다. 앤의 눈을 통해 새롭게 발견하는 섬마을 풍경의 아름다움이야말로 이 책이 가진 또 다른 강력한 장점이 아닐까 싶다. 앤과 다이애나가 학교로 걸어가는 도중에 만나는 자작나무 길에 대한 묘사를 보자.

It was a little narrow, twisting path, winding down over a long hill straight through Mr. Bell's woods, where the light came down sifted through so many emerald screens that it was as flawless as the heart of a diamond. It was fringed in all its length with slim young birches, white stemmed and lissom boughed; ferns and starflowers and wild lilies-of-the-valley and scarlet tufts of pigeonberries grew thickly along it; and always there was a delightful spiciness in the air and music of bird calls and the murmur and laugh of wood winds in the trees overhead. Now and then you might see a rabbit skipping across the road if you were quiet—which, with Anne and Diana, happened about once in a blue moon. Down in the valley the path came out to the main road and then it was just up the spruce hill to the school.

그 길은 벨 씨네 숲속을 곧장 가로지르는 긴 언덕을 감아 돌며 내려오는 구불구불한 작고 좁은 길이었다. 햇빛이 무수히 많은 에메랄드 차양을 통과해 비추는 이 길은 마치 다이아몬드의 심장만큼이나 흠잡을 곳 없이 완벽했다. 길가에는 하얀 몸통에 나긋나긋한 가지를 늘어뜨린 가늘고 어린 자작나무들이 빼곡히 늘어서 있었고, 고사리와 까치무릇과 은방울꽃과 진홍색 다발을 이룬 미국자리공도 촘촘히 길을 따라 자라고 있었다. 그리고 공기 중에는 언제나 향기와 새들의 노랫소리, 머리 위에선 숲속 바람의 속삭임과 웃음소리가 맴돌았다. 조용히 있노라면 이따금 토끼 한 마리가 깡충깡충 뛰어와 길을 가로지르는 걸 볼 수도 있는데, 앤과 다이애나에게 이런 일은 가뭄에 콩 나듯 일어났다. 길은 계곡을 따라 뻗어내려 큰길가로 이어졌고, 여기서 가문비나무 언덕만 넘으면 학교였다.

자연을 이렇게 세세히 음미할 수 있는 마음을 어린 시절에 갖는다는 것은 어쩌면 불가능할 수도 있겠다. 어린 시절에는 그저 자연의 일부가 되어 그 안에서 뛰어놀기에 여념이 없으니까. 앤이 특별한 건 바로 이렇게 자연을 음미하고 사람을 음미할 줄 아는 눈이 지독한 외로움과 고아라는 경계인의 자리에서 생겼기 때문이 아닐까 싶다.

앞의 인용문에서 가장 흥미로운 표현은 'once in a blue moon'이다. 직역하면 '어쩌다 한 번씩 푸른 달이 뜰 때'라는 의미인데, 어원을 찾아보면 진짜로 파란색 달이 뜨는 건 아니고 고대영어에서 'belewe moon'이 'blue moon'으로 바뀐 것일 뿐 원래 뜻은 'betray', 즉 '배신하는 달'이라는 뜻이다. 원래 보름달은 한 달에 한 번씩 뜨는 것으로 알고 있지만 달의 공전 주기는 29.53일이라서 몇 년에 한 번씩은 한 달에 두 번 보름달이 뜨게 된다. 이렇게 한 달에 두 번째로 뜨는 보름달은 배신하는 달이라고 해서 'blue moon'이라 하고, 아주 드물게 일어나는 일이라서 '드물게'라는 뜻으로 쓰인다. 여기서는 우리말의 관용어구를 이용해 '가뭄에 콩 나듯'이라고 번역해보았다.

한편 마릴라는 앤이 학교에 가서 또 상상한 이야기들만 계속하는 바람에 아이들과 잘 어울리지 못하는 건 아닐까 걱정한다. 하지만 앤은 별 문제 없이 학교에 잘 다녀온다. 필립스 선생님이 나이 어린 아이들보다는 상급 학교인 퀸스아카데미에 진학할 예정인 열여섯 살 여학생에게만 관심을 보이고 있다는 말을 해서 마릴라를 당황하게 만들기는 하지만 말이다.

문제는 여름 내내 사촌 집에 가 있었던 길버트 블라이드가 학교로 돌아오면서 벌어진다. 아버지의 병환으로 3년간 학교를 쉬는 바람에 나이는 다른 아이들보다 좀 많지만, 공부는 잘해서 학교 1등인 길버트는 여자아이들을 상대로 장난치는 걸 즐기는 악동이다. 다른 소녀들과 달리 앤이 자신의 장난이나 도발에 별 반응을 보이지 않자 길버트는 더 심한 장난을 친다.

Gilbert reached across the aisle, picked up the end of Anne's long red braid, held it out at arm's length and said in a piercing whisper: "Carrots! Carrots!" Then Anne looked at him with a vengeance! She did more than look. She sprang to her feet, her bright fancies fallen into cureless ruin. She flashed one indignant glance at Gilbert from eyes whose angry sparkle was swiftly quenched in equally angry tears. "You mean, hateful boy!" she exclaimed passionately. "How dare you!" And then—thwack! Anne had brought her slate down on Gilbert's head and cracked it—slate not head—clear across.

길버트는 손을 뻗어서 길게 땋아 내린 앤의 빨강 머리채를 집어 팔 닿는 거리만큼 들어올리더니 귀에 쏙 박히는 소리로 속삭였다. "홍당무래요, 홍당무래요!" 그러자 앤은 분해 죽겠다는 눈길로 길버트를 쳐다보았다. 사실 그저 보기만 한 것은 아니었다. 빠져 있던 눈부신 환상의 세계가 구제 불능인 폐허의 나락으로 굴러떨어지자 앤은 자리에서 벌떡 일어났다. 길버트를 쳐다보는 앤의 눈 속 분노의 불꽃은 분노의 눈물에 잠겨버렸다. "이 못된 자식이!" 앤이 끓어오르는 분노로 외쳤다. "어떻게 그런 말을!" 그러고 나서 딱! 소리가 났다. 앤이 자기 석판으로 길버트의 머리를 내리쳐서 박살이 나는 소리였다. 물론 박살 난 건 머리가 아니라 석판이었다.

홍당무라 부른 것은 그렇지 않아도 자신의 빨강 머리를 유난스레 신경 쓰던 앤의 역린을 건드린 것인지라, 앤은 엄청난 기세로 응징을 하고 나선다. 앤은 성질을 부렸다는 이유로 교실 뒤에 서 있는 벌을 받는다. 여기까지는 괜찮았다. 어쨌든 성질을 부린 건 잘못이었다고 앤도 인정을 했으니까. 그러나 다음 날, 점심시간이 끝나고 앤이 혼자 들판을 거닐다 다른 여자아이들과 달리 사내아이들보다도 늦게 교실로 돌아오는 바람에 혼자만 남자아이들 자리, 그것도 길버트 옆에 앉는 벌을 받게 된다. 방과 후, 앤은 짐을 모두 싸 들고 집으로 돌아와 다시는 학교에 가지 않겠다고 선언한다.

"I shall never forgive Gilbert Blythe," said Anne firmly. "And Mr. Phillips spelled my name without an e, too. The iron has entered into my soul, Diana."

"나는 길버트 블라이드를 결코 용서하지 않을 거야." 앤이 단호하게 말했다. "그리고 필립스 선생님도 내 이름에서 e를 빼고 썼다고! 쇠가 내 영혼에 들어온 거야, 다이애나!"

쇠가 영혼에 들어온다는 표현은 갇히거나 그릇된 대우를 받아서 몹시 괴롭다는 뜻으로, 어느 라틴어 성경이 히브리어의 "그가 쇠족쇄 속으로 들어갔다"라는 표현을 거꾸로 '쇠가 그의 영혼으로 들어갔다'라고 오역을 하면서 생겨난 표현이다. 우리말로 옮기자면 '나를 고뇌의 구렁텅이에 밀어넣었어.' 정도로 의역하는 것이 어떨까 싶다.

마릴라는 학교에 가지 않겠다는 앤을 존중해준다. 린드 부인의 충고 역시 가겠다고 할 때까지 그냥 두라는 쪽이다. 두 어른들이 아이의 결정을 받아들여주는 모습이 한편으로는 놀라웠다. 우리나라 같으면 어림도 없었을 거라는 생각도 들고, 다른 한편으로는 입양된 고아라서 눈치를 볼 수밖에 없는 입장임에도 자신의 결심을 단호하게 주장하는 앤의 모습 또한 새로웠다.

앤은 그렇게 초록 지붕 집에서 혼자 공부하고 다이애나와 놀며 우정을 더욱 쌓아간다. 그러던 어느 날, 다이애나가 자라서 어른이 되면 결혼을 해서 자신을 떠날 거라고, 다이애나의 남편 될 사람이 밉다며 우는 앤을 보고 마릴라는 박장대소한다.

Marilla turned quickly away to hide her twitching face; but it was no use; she collapsed on the nearest chair and burst into such a hearty and unusual peal of laughter that Matthew, crossing the yard outside, halted in amazement. When had he heard Marilla laugh like that before?

마릴라는 웃음을 참느라 실룩거리는 얼굴을 숨기려고 얼른 돌아섰다. 하지만 소용없었다. 그녀는 제일 가까이에 있는 의자에 무너지듯 앉아서 한바탕 웃음을 터뜨렸다. 좀처럼 없던 일이기에 밖에서 마당을 지나던 매튜가 그 소리를 듣고는 놀라 멈춰 서서 갸웃거렸다. 마릴라가 저렇게 웃는 걸 들은 게 언제였더라?

길버트 블라이드와 필립스 선생님으로 인해 느낀 모욕감, 다이애나와의 한층 돈독해진 우정 등 온갖 사건과 감정이 어린 앤에게 휘몰아친다. 일어나는 모든 일들을 하나도 놓치지 않고 매번 충만한 감정으로 겪어내는 어린이를 바라보며, 어른들은 잊은 줄 알았던 감정들을 다시 되살린다. 아이를 키우며 경험하는 최고의 축복이 사실 여기에 있다. 마릴라와 매튜가 앤을 보내지 못하는 이유 또한 바로 여기에 있을 것이다.

16

Diana is invited to tea with tragic results

비극으로 끝난 다이애나 초대 사건

초록 지붕 집에 10월이 왔다. 아름답게 단풍이 물든 가을 풍경 속을 돌아다니는 앤을 작가는 이렇게 묘사한다.

Anne reveled in the world of color about her.

앤은 자기 주변 색의 세계를 한껏 즐겼다.

'revel in something'은 '무언가를 한껏 즐기다'라는 의미로 'revel'은 원래 '흥청망청 한바탕 즐기다'라는 뜻이다. 이 표현은 마치 성대하게 차려진 파티에서 흥청망청 마음껏 즐기는 것처럼 앤이 세상 가득 차려진 색의 성찬을 마음껏 즐기고 있다는 뉘앙스로 읽을 수 있다. 앤은 자신의 기쁨을 이렇게 표현한다.

“I’m so glad I live in a world where there are Octobers. It would be terrible if we just skipped from September to November, wouldn’t it? Look at these maple branches. Don’t they give you a thrill—several thrills? I’m going to decorate my room with them.”

“10월이 있는 세상에 살아서 정말 기뻐요. 9월에서 11월로 바로 건너뛴다면 정말 끔찍할 거예요. 그렇죠? 이 단풍나무 가지들을 보세요. 전율이 일지 않나요? 한 번이 아니라 여러 번요. 이걸로 제 방을 장식하려고요.”

마릴라는 자꾸 밖에서 뭘 들고 와 집을 어지럽히지 말라며 굉장히 현실적인 걱정을 한다.

“You clutter up your room entirely too much with out-of-doors stuff, Anne. Bedrooms were made to sleep in.”

“Oh, and dream in too, Marilla. And you know one can dream so much better in a room where there are pretty things.”

“밖에서 가지고 온 걸로 네 방을 너무 많이 어지럽히잖니, 앤. 침실은 잠자라고 있는 곳이야.”

“아, 꿈꾸는 곳이기도 해요, 마릴라. 그리고 예쁜 것들이 있는 방에서는 꿈도 훨씬 더 잘 꿀 수 있는 거 아시잖아요.”

이렇게 예쁘게 말하면 마릴라도 더 이상 뭐라 하지 못한다. 외출을 하는 길이었던 마릴라는 앤에게 매튜와 일꾼인 제리의 저녁을 챙겨주라면서, 지난번처럼 차가 너무 덜 우러나지 않도록 조심하라고 이른다.

"You'll have to get Matthew and Jerry their supper, so mind you don't forget to put the tea to draw until you sit down at the table as you did last time."

"매튜와 제리에게 저녁을 차려줘야 할 거야. 그리고 지난번처럼 깜박하고 있다가 테이블에 앉아서야 차를 우려내지 않도록 주의하고."

여기서 'draw tea'라는 표현이 나오는데, 이건 차를 뜨거운 물에 넣어서 우러나도록 하는 걸 말한다. 'The tea doesn't draw well.'이라고 하면 '이 차는 잘 우러나지 않는다.'라는 뜻이다.

마릴라는 외출하면서 자신이 없는 동안 다이애나를 초대해 같이 차를 마셔도 좋다고 말한다. 이에 앤은 뛸 듯이 기뻐한다. 거실 벽장 안에 라즈베리 주스(raspberry cordial)가 있으니 그것도 쿠키와 함께 먹으라 일러두고 마릴라는 집을 나선다.

'cordial'은 물을 더 타서 희석시켜 먹어야 하는 농축 과즙을 일컫는 영국 영어인데, 우리나라에서는 흔히들 주스로 번역한다.

초대를 받은 다이애나가 오고, 앤과 다이애나는 숙녀라도 된 듯 정중하게 인사를 하다가 금방 다시 소녀들의 수다에 빠져든다. 학교의 이런저런 이야기들을 전해주던 다이애나가 라즈베리 주스가 너무 맛있다면서 연거푸 세 잔이나 가득(tumblerful) 따라 마시더니 결국 사달이 난다. 어지럽고 속이 거북하다며 얘기를 하다 말고 중간에 일어나 가버렸던 것.

며칠 후 앤은 린드 부인 집에 심부름을 갔다 오고 난 후에야, 다이애나의 엄마인 배리 부인이 엄청나게 화가 났다는 것을 알게 된다. 배리 부인은 앤이 일부러 다이애나를 취하게 만들었다고 단단히 오해를 하고 있었다. 마릴라는 자신이 벽장 속에 라즈베리 주스 대신 직접 담근 포도주를 두고 정작 라즈베리 주스는 지하실에 두었던 걸 그제야 알아차린다. 마릴라가 먼저 배리 부인에게 가서 사정을 설명하지만, 독실한 기독교 신자라 평소 집에서 포도주 담그는 걸 못마땅하게 여기던 배리 부인은 오해를 풀려고 하지 않는다. 앤이 찾아가 울면서 용서해달라고 빌어도 다시는 다이애나와 놀지 못하게 하겠다는 입장을 철회하지 않는다.

She was suspicious of Anne's big words and dramatic gestures and imagined that the child was making fun of her.

배리 부인은 앤의 과장된 말들과 극적인 몸짓들을 의심스러워했다. 그리고 이 아이가 자신을 놀리고 있다고 생각했다.

앤이 어린이답지 않은 추상적이고 문학적인 표현들을 쓰는 것을 배리 부인은 'big words'라고 표현하며 싫어했던 것이다. 'big words'를 써서라도 남루한 현실에서 도피하려는 소녀, 가진 것 없는 고아 소녀의 세계가 어떤 건지 전혀 알지 못하고, 알려고도 하지 않는 사람이라서 그럴 수밖에 없다. 앤은 집으로 돌아와 울다 잠든다.

"Poor little soul," she murmured, lifting a loose curl of hair from the child's tear-stained face. Then she bent down and kissed the flushed cheek on the pillow.

"딱하게 됐구나." 마릴라는 눈물에 젖은 얼굴에 달라붙어 헝클어진 앤의 머리카락을 치워주었다. 그리고 몸을 구부려 베개를 벤 아이의 홍조 띤 뺨에 입을 맞추었다.

소중한 친구를 잃고 우는 아이의 마음에 측은지심을 느끼며 처음으로 아이의 뺨에 입을 맞추어주는 마릴라를 보면서, 우리는 자신의 경계를 넓혀가는 일에 대해 생각하게 된다. 아이가 없었더라면 원칙과 반복뿐인 일상 속에서 더 독선적으로 늙어갔을 중년의 여성이 이제 연민의 정으로 자신의 경계를 말랑말랑하게 만들어서 삶의 경계까지 넓히고 있지 않은가. 베풀고 돌보는 이가 더 풍성한 삶을 사는 비결도 사실 여기에 있다. 마릴라 또한 앤을 통해 그런 길을 걷고 있다. 완고하던 이가 이렇게 굽히는 법을 배우는 모습에 우리의 마음 또한 말랑말랑해진다.

17

One can't stay sad very long in such an interesting world

이렇게 흥미로운 세상에서
너무 오래 슬퍼할 순 없잖아요

앤과 다이애나는 배리 부인의 허락하에 마지막으로 10분 동안 손을 잡고 이별을 한다. 이 이별의 장면도 자못 낭만적이다. 앤은 구어체가 아닌 문어체, 그것도 몇 세기 전 영어인 thou, thee, thy, 그러니까 현대 영어로는 you, you, your를 사용해가며 아주 진지하게 이별한다.

"I used the most pathetic language I could think of and said 'thou' and 'thee.' 'Thou' and 'thee' seem so much more romantic than 'you.' Diana gave me a lock of her hair and I'm going to sew it up in a little bag and wear it around my neck all my life. Please see that it is buried with me, for I don't believe I'll live very long."

"I don't think there is much fear of your dying of grief as long as you can talk, Anne," said Marilla unsympathetically.

"전 제가 생각할 수 있는 가장 애처로운 단어를 골라 다이애나를 '그대'라고 불렀어요. '그대'라는 말은 '너'보다 훨씬 낭만적으로 들리잖아요. 다이애나가 제게 머리카락 한 타래를 줬어요. 저는 그걸 작은 주머니에 꿰매어 넣고 늘 목에 걸고 다닐래요. 나중에 그 머리카락을 꼭 저와 함께 묻어주세요. 오래 살 수 있을 것 같지 않거든요."

"그렇게 재잘댈 수 있는 걸 보니 네가 슬퍼서 죽을 걱정은 안 해도 될 것 같구나." 마릴라가 무심하게 대꾸했다.

삶이 소설이나 영화처럼 극적이기를 바라는 것, 어릴 때 많이 하는 생각이 아닌가 싶다. 하지만 현명하게 나이 든 사람은 일상에 극적인 일은 별로 일어나지 않는다는 것 역시 안다. 살다 보면 여러 가지 슬픔을 겪게 마련이지만, 슬퍼서 죽는 경우는 아주 드물다는 것도.

마릴라는 아이의 극적인 감정 몰입에 감정적으로 반응하거나 나무라지 않고, 쓸데없는 소리라며 무시하지도 않고 그저 담담하게 받아준다. 이렇게 담담할 수 있는 것이 어쩌면 가장 힘든 경지인지도 모르겠다. 너는 그렇게 슬프구나 하고 아이의 감정을 인정해주면서도 본인은 담담한 것, 이게 오히려 함께 슬퍼해주는 것보다 아이에게 훨씬 든든한 힘이 되어주지 않을까.

'see that …'은 '반드시 …해주세요'라는 의미로, 요즘은 'make sure that …'이라고 표현한다. '이메일에 꼭 답장해주세요.'라고 말하고 싶으면 'Please make sure (that) you answer my email.'이라고 말하면 된다.

이렇게 마릴라가 든든하고 고요하게 중심을 지켜주자, 앤은 한껏 슬퍼하다가 그 슬픔에서 자기 발로 걸어 나와 다시 학교에 다니겠노라 선언한다. 물론 이 선언도 굉장히 극적이다.

"I'm going back to school," she announced. "That is all there is left in life for me, now that my friend has been ruthlessly torn from me."

"학교로 돌아가겠어요." 앤이 선언했다. "이제 제 친구가 제게서 무자비하게 떨어져나가고 제 삶에 남은 건 그것뿐이에요."

그렇게 돌아간 학교에서 앤은 친구들에게 환대를 받는다. 물론 다이애나는 엄마 때문에 앤에게 말도 걸지 못하지만 그 대신 몰래 쪽지를 보낸다. 심지어 남학생들까지 앤에게 예쁜 석판 분필을 선물로 준다. 앤은 스트로베리 종 사과 하나가 책상 위에 놓인 것을 보고 무심코 먹으려다 애번리에서 그런 사과를 키우는 과수원은 블라이드네뿐이라는 것을 알고는 그대로 사과를 내려놓고 손을 닦아버린다. 그리고 길버트를 마치 투명인간인 양 무시한다. 친구들의 환대에 앤은 집으로 돌아와 이렇게 말한다.

"It's so nice to be appreciated," sighed Anne rapturously to Marilla that night.

"인정받는다는 건 참 좋은 일이에요." 그날 밤 앤은 기쁨에 넘쳐 말했다.

'appreciate'란 단어는 '감사하다', '감상하다'라는 뜻 이전에 '어떤 것 혹은 누군가의 가치를 있는 그대로 알아주다'라는 뜻이 있다. 도움의 가치를 제대로 알아주는 것이 '감사하다', 특정 예술 작품의 가치를 제대로 알아주는 것이 '감상하다'이니, 의미가 이 뜻에서 뻗어나왔다고 생각하면 된다. 뿌리 없는 존재 같았던 고아 소녀에게는 친구들이 그저 자신을 좋아해주는 것보다, 자신의 가치를 제대로 알아봐주는 것이 어쩌면 더 절실했던 것도 같다.

앤은 마릴라가 처음에 걱정했던 것과 달리 아주 잘 적응하며 학교에서 열심히 공부한다. 무엇보다도 학교에서 1등을 도맡고 있던 길버트에 대한 경쟁심에 불이 붙으면서 앤은 더욱 공부에 매진한다.

She flung herself into her studies heart and soul, determined not to be outdone in any class by Gilbert Blythe.

앤은 몸과 마음을 다해 공부에 전력투구했다. 그 어떤 수업에서도 길버트 블라이드가 앞서는 꼴을 볼 수 없다는 각오를 단단히 한 터였다.

여기서 'heart and soul'은 부사구로 '마음과 영혼을 다 바쳐' 정도의 의미이지만, 우리말에서는 '몸과 마음을 다해'라고 의역하는 편이 더 자연스럽다.

공부를 잘하겠다는 동기 부여가 강력한 것은 좋은 일이나, 그 동기가 바로 '불타는 증오심'인 점은 앤의 상황을 보다 흥미진진하게 만든다. 앤과 길버트는 앞서거니 뒤서거니, 엎치락뒤치락하며 수업마다 1등 경쟁을 벌인다. 한번은 둘이 동점을 기록하기도 했는데(they were ties), 앤은 나란히 1등으로 이름이 적히자 마치 '앤이랑 길버트랑 좋아한대요'라는 낙서라도 본 것처럼 괴로워하고 길버트는 뿌듯해한다.

길버트는 앤이 경쟁에 몰두할 수 있도록 해준다. 더 이상 짓궂게 장난을 치지도 않고 섣부른 호감을 보이지도 않는다. 상대가 다가오지 말라고 하면 다가가지 않고 존중하는 태도를 보인다. 장래에 앤의 남편이 되는 길버트의 이런 태도는 지금 봐도 놀랍다. 길버트는 나이도 많고 입양아인 앤보다는 사회적 지위도 더 낫다.

게다가 남자아이이기도 하다. 기득권을 가진 길버트가 앤이 그어 놓은 선을 존중해주는 모습은 사뭇 감동적이다.

그런데 누구보다도 길버트를 의식하는 건 늘 경계를 그은 쪽인 앤이라는 사실은 무척 역설적이다. 어찌 됐든 길버트는 앤이 그어 놓은 경계 밖을 돌며 예민한 앤이 다치지 않게 조금씩 슬며시 스며들어간다. 앤이 이후에 길버트에게 마음을 열게 된 것 역시 받아들여지지 않을지라도 경계 밖에서 묵묵히 기다려준 길버트의 이 태도 때문이 아니었을까 싶다.

앤은 모든 과목에서 길버트에게 뒤지지 않지만 기하학만은 예외다. 나도 수학에 젬병인 사람으로서 앤의 심정에 익히 공감이 되는데, 이 상황을 작가는 이렇게 묘사한다.

In geometry Anne met her Waterloo. "It's perfectly awful stuff, Marilla," she groaned. "I'm sure I'll never be able to make head or tail of it. There is no scope for imagination in it at all."

기하학에서 앤은 자신의 워털루를 만났다. "이 과목은 더할 나위 없이 끔찍해요, 마릴라." 앤이 죽는소리를 했다. "전 기하학이라면 '기' 자도 모르고 끝날 것 같아요. 이 과목에는 상상이 비집고 들어갈 여지가 전혀 없잖아요."

워털루전투는 승승장구하며 유럽 대륙을 휘어잡던 프랑스의 나폴레옹이 영국과 프로이센 연합군에게 대패하면서 이후 몰락의 계기가 된 전투이다. 주로 결정적인 패배를 일컬을 때 워털루 전투라는 말을 사용하는데, 앤이 기하학을 못하는 걸 워털루전투에 빗대어서 표현하는 것이 재미있다. 더 나아가 'make head or tail of something'은 'something의 머리가 어디고 꼬리가 어디인지도 가늠을 못하겠다'는 뜻으로, '하나도 모르겠다'는 의미인데 우리말의 관용어를 사용해 "기하학의 '기' 자도 모르겠다"라고 의역해보았다.

비통한 이별과 따뜻한 환대, 격렬한 증오와 경쟁심, 그리고 좌절감을 한껏 맛본 어린 앤은 이렇게 말한다.

> "But really, Marilla, one can't stay sad very long in such an interesting world, can one?"
>
> "하지만 마릴라, 이렇게 흥미로운 세상에서 너무 오래 슬퍼할 순 없잖아요, 안 그래요?"

비록 작은 애번리 마을에 사는 앤의 일상이 찻잔 속의 삶처럼 보일지 모르나, 그 찻잔 속에선 때론 눈보라도 치고 폭풍우도 친다. 이렇게 앤의 삶은 흥미진진하게 계속된다.

18

All things great are wound up with all things little

위대한 일들은 모두 작은 일들로 마무리된다

이번 장은 처음부터 중요한 메시지와 함께 시작된다. "ALL things great are wound up with all things little." 직역하면 "모든 커다란(위대한) 일들은 모든 작은 일들로 마무리된다"가 되지만, 이 문장이 전달하고자 하는 의미는 '아무리 큰일들이라도 작은 일들을 하나하나 잘 해야 완성된다'는 것이다.

좀 다른 말이지만, 그래서 "God is in the details."(신은 디테일에 있다)라고도 한다.('악마는 디테일에 있다.'는 '신은 디테일에 있다.'에서 파생된 말이다. 위대한 일들이 모두 작은 일들로 완성되는 것처럼, 위대한 일이 망가지는 것도 작은 일들이 망가지기 때문인지라 '악마는 디테일에 있다'는 말도 생겨났다.)

캐나다의 수상이 샬럿타운에 연설을 하러 오자 마릴라와 린드 부인, 다이애나의 부모님 등 많은 어른들이 샬럿타운까지 그 연설을 들으러 가기 위해 집을 비운다. 교통이 발달되지 않았던 시절이라 그렇게 연설을 들으러 가면 1박 2일이 꼬박 걸리곤 했다. 앤은 매튜와 함께 집에 남아서 기하학 숙제를 하기로 한다.

While Marilla and Mrs. Rachel were enjoying themselves hugely at the mass meeting, Anne and Matthew had the cheerful kitchen at Green Gables all to themselves.

마릴라와 린드 부인이 대중 집회에서 즐거운 시간을 보내는 동안 앤과 매튜는 초록 지붕 집의 부엌을 즐거운 둘만의 공간으로 누렸다.

'have something to oneself'는 '무언가를 독점하다, 마음대로 하다'라는 뜻이다. 마릴라가 없는 부엌에서 앤과 매튜가 둘만의 호젓한 시간을 누렸다는 뜻으로 이해하면 맞을 것이다. 부엌 벽난로 앞에서 매튜는 책을 읽다가 졸고 앤은 끙끙거리며 기하학 문제를 풀다가 재잘거린다. 행복한 풍경이다. 그러다가 둘의 대화는 정치 이야기로 옮겨 간다.

"Mrs. Lynde says Canada is going to the dogs the way things are being run at Ottawa and that it's an awful warning to the electors. She says if women were allowed to vote we would soon see a blessed change. What way do you vote, Matthew?"

"Conservative," said Matthew promptly. To vote Conservative was part of Matthew's religion.

"Then I'm Conservative too," said Anne decidedly. "I'm glad because Gil—because some of the boys in school are Grits. I guess Mr. Phillips is a Grit too because Prissy Andrews's father is one, and Ruby Gillis says that when a man is courting he always has to agree with the girl's mother in religion and her father in politics. Is that true, Matthew?"

"Well now, I dunno," said Matthew.

"Did you ever go courting, Matthew?"

"Well now, no, I dunno's I ever did," said Matthew, who had certainly never thought of such a thing in his whole existence.

"린드 부인 말로는 상황이 오타와처럼 돌아가면 캐나다는 엉망이 될 거래요. 오타와의 상황이 유권자들에게는 혹독한 경고가 될 거라고요. 또 여자들에게도 투표권이 생기면 곧 복된 변화를 볼 수 있을 거라고도 했어요. 매튜는 어떤 쪽에 투표하세요?"

"나야 보수당이지." 매튜가 망설임 없이 대답했다. 보수당 지지는 매튜에겐 종교의 일부였다.

"그러면 나도 보수당 지지할래요." 앤이 확고하게 말했다. "보수라 좋아요. 왜냐하면 길버… 아니, 학교의 몇몇 남자아이들이 자유당 지지자들이거든요. 프리시 앤드루스의 아버지가 자유당 지지자이니 필립스 선생님도 마찬가지일 거고요. 루비 길리스 말로는 남자가 구애를 할 때는 종교는 여자의 어머니와 일치해야 하고, 정치는 아버지와 일치해야 한대요. 정말 그래요, 매튜?"

"글쎄다, 모르겠는걸." 매튜가 대답했다.

"구애해보신 적 있으세요?"

"음, 아니, 없는 것 같다." 매튜는 살면서 그런 건 단 한 번도 생각해보지 않았다.

여성에게 투표권이 생기기 전이라 여성의 투표권에 대해 말하는 부분도 흥미롭지만, 구애하는(courting) 문화도 우리와는 많이 다르다. 당시엔 여자의 부모도 아는 가운데 남자가 왕래하며 안면을 익히다 어느 순간 여자에게 청혼하는 문화가 있었다. 그런 상황에서 장모 될 사람과 종교가 같아야 하고, 장인 될 사람과는 정치 노선이 같아야 한다는 말은 아주 흥미롭다. 'agree with'는 '찬성하다'라는 뜻뿐 아니라 '일치시키다'라는 뜻으로도 쓰인다. 형용사 'agreeable'이 '어딘가에 잘 일치시킬 수 있는', '어딘가에 잘 맞출 수 있는' 등의 뜻으로 쓰이기 때문이다.

이렇게 둘은 정치 이야기를 하다가 남녀 관계에 대한 고찰로 빠진다.

"Ruby Gillis says when she grows up she's going to have ever so many beaus on the string and have them all crazy about her; but I think that would be too exciting. I'd rather have just one in his right mind. But Ruby Gillis knows a great deal about such matters because she has so many big sisters, and Mrs. Lynde says the Gillis girls have gone off like hot cakes."

"루비 길리스는 커서 남자친구를 여러 명 두고 마음대로 조종할 거래요. 남자들이 다 자기한테 애가 닳도록 만들 거라나요. 그건 아주 신나는 일일 것 같기는 해요. 하지만 전 정신이 제대로 박힌 남자 한 명이면 돼요. 그런데 루비 길리스는 언니들이 많아서 그런 문제라면 훤히 꿰고 있거든요. 린드 부인이 길리스 집안 딸들은 날개 돋친 듯 팔렸다고 그랬어요."

'have someone on the string'은 끈에 매달아 마리오네트 인형을 조종하는 것처럼 사람을 마음대로 좌지우지한다는 뜻이다. 그러니 많은 남자들에게 끈을 달아둔다는 말은 남자들을 자기 맘대로 쥐락펴락 주무르고 싶다는 말이다. 하지만 앤은 정신이 제대로 박힌 남자 단 한 명이 좋겠다는 소신 있는 말을 하고 있다. 역시 앤다운 말이다.

이렇게 매튜와 이런저런 얘기를 주고받고 있는데, 다이애나가 하얗게 질려 앤의 집으로 달려온다. 부모님은 정치 집회에 가고 안 계시는데, 세 살 된 동생 미니 메이가 크루프라고 불리는 가막성 후두염 증세를 보이며 심하게 기침을 하고 열이 오르고 있었던 것이다. 다이애나는 어쩔 줄을 몰랐고, 배리 부부가 시터로 잠시 고용한 매리 조 역시 이런 쪽에 경험이 없어서 어찌할 바를 몰랐다.

매튜는 얼른 마차를 몰고 마찬가지로 정치 집회에 가 있어 불러오기 쉽지 않을 의사를 부르러 가고, 앤은 다이애나를 따라가서 미니 메이를 간호하기 시작한다. 해먼드 부인의 집에서 세 쌍의 쌍둥이를 키워본 경험이 있는 앤은 후두염 환자를 어떻게 돌봐야 하는지 알고 있었다. 긴 밤이 지나가고, 새벽 3시가 되어서야 매튜가 의사를 찾아 데리고 온다. 그때 미니 메이는 상태가 많이 호전되어 편히 잠들어 있었다. 환자를 의사 손에 맡기고 앤은 매튜와 함께 집으로 돌아온다.

"Oh, Matthew, isn't it a wonderful morning? The world looks like something God had just imagined for His own pleasure, doesn't it? Those trees look as if I could blow them away with a breath—pouf! I'm so glad I live in a world where there are white frosts, aren't you? And I'm so glad Mrs. Hammond had three pairs of twins after all. If she hadn't I mightn't have known what to do for Minnie May. I'm real sorry I was ever cross with Mrs. Hammond for having twins."

"아, 매튜, 정말 멋진 새벽 아닌가요? 세상이 마치 하느님께서 당신의 기쁨을 위해 상상하신 그 모습 같아요. 저 나무들은 제가 후하고 불면 한 숨에 날아가버릴 것 같고요. 흰 서리가 내리는 세상에 살고 있어서 정말 기뻐요. 해먼드 부인에게 세 쌍의 쌍둥이가 있었던 것도 이제는 기쁘네요. 그렇지 않았더라면 저는 미니 메이를 어떻게 간호해야 할지 몰랐을 거예요. 해먼드 부인이 자꾸 쌍둥이를 낳는다고 싫어했던 게 참 미안해지네요."

이런 말을 하는 앤은 참으로 아름답기까지 하다. 과거의 힘들었던 고난이 현재에 도움이 되는 것을 보고, 그 기억으로 돌아가 기쁨으로 껴안는 법을 배우는 것은 어른도 도달하기 힘든 경지의 성숙함이다. 어른이 되어서도 힘들었던 시절의 불쌍한 자기 모습에 매몰되어 있는 어른이 얼마나 많은가. 이제 고작 열두 살인 아이가 과거의 아픔과 화해하는 모습을 보면, 모든 위대한 일들은 작고 사소한 일들이 모여야 완성된다는 메시지가 비로소 와 닿지 않는가. 힘들고 아팠던 일상의 작은 일들—세 쌍의 쌍둥이를 돌보는 그런 일들—이 모이고 모여서 위대한 일을 완성시키는 기적을 이젠 알 것도 같다.

최선을 다하고 지쳐 잠들었다 깬 앤은 배리 부인의 전갈을 받는다. 이전에는 자신이 앤을 오해했으니 용서해달라며 이제 다이애나와 언제든지 함께 놀아도 된다는 그런 전갈이다. 기쁨에 겨워 다이애나의 집으로 날아간 앤은 다이애나와 행복한 시간을 보낸다. 그리고 배리 부인에게도 마치 어른인 양 대접을 받는다. 그렇게 행복한 시간을 보내고 돌아온 앤이 하는 말을 보자.

> "You see before you a perfectly happy person, Marilla,"
>
> "저는 지금 완벽하게 행복해요, 마릴라."

"저는 지금 완벽하게 행복해요."라고 했지만, 직역하면 앤은 "당신은 눈앞에서 완벽하게 행복한 사람을 보고 있어요."라고 말하고 있다. 전형적인 영어식 화법이다. 예를 들어 "Can I talk to someone who is in charge of A?"(A를 담당하고 있는 분과 얘기 좀 할 수 있을까요?)라고 누군가가 물으면, 우리말로는 "전데요."라고 대답하겠지만, 영어로는 "You are talking to the right person."(당신은 바로 그 사람한테 말 걸고 계십니다)이라고 답한다. 이런 화법의 차이는 그냥 익숙해지는 수밖에 없다. 이런 차이를 이해하고 익숙해지는 것이 바로 외국어를 배우는 즐거움이기도 할 것이다.

19

After a while you come to see it

시간이 지나면 보여요

앤은 다이애나와 이제 친해도 너무 친하다. 학교에서 같이 하교하고도 집에 들어오기 전 근 30분을 서서 이야기하고, 그러고도 저녁에 급한 일이라며 다이애나를 보러 가야 한다고 앤이 나서자, 마릴라는 급한 일인지 어떻게 아냐고 묻는다. 그러자 앤은 다이애나와 서로 창가에서 촛불을 두꺼운 종이로 가렸다 치웠다 하며 그 횟수로 메시지를 주고받는다고 말한다.

그러면서 두 번 신호가 오면 "거기 있니?"라는 질문이고, 세 번이면 "응"이라는 답, 네 번이면 "아니"라는 답, 다섯 번이면 "중요한 일이니 당장 이리로 와줘"라는 메시지라고 설명한다. 그런데 방금 다이애나가 다섯 번 불빛을 깜박였다는 것이다.

신호를 보냈을 때 거기 없어서 불빛을 보지 못하면 아예 답을 하지 못할 텐데, 그때 어떻게 신호를 네 번 보내겠다는 것인지 읽으면서 고민이 되기는 했다. 수학에 약한 앤 셜리인지라 이 생각을 못한 것이 아닐까 하고 역시 수학에 약한 사람으로서 애써 이해해본다. 어쨌든 다섯 번의 불빛 신호를 받고 다이애나의 집에 갔다 온 앤은 다음 날 다이애나의 생일을 맞아 토론 클럽의 콘서트에 다이애나와 함께 가게 해달라고 청한다. 마릴라는 승낙하지 않는다. 그러자 앤의 호소가 구구절절 이어진다.

"But it's such a very special occasion," mourned Anne, on the verge of tears. "Diana has only one birthday in a year. It isn't as if birthdays were common things, Marilla. Prissy Andrews is going to recite 'Curfew Must Not Ring Tonight.' That is such a good moral piece, Marilla, I'm sure it would do me lots of good to hear it. And the choir are going to sing four lovely pathetic songs that are pretty near as good as hymns. And oh, Marilla, the minister is going to take part; yes, indeed, he is; he's going to give an address. That will be just about the same thing as a sermon. Please, mayn't I go, Marilla?"

"하지만 아주 특별한 날이에요, 마릴라." 앤이 그렁그렁 눈물이 맺힌 눈으로 호소했다. "다이애나의 생일은 일 년에 한 번뿐인 걸요. 생일이 맨날 돌아오는 게 아니잖아요. 프리시 앤드루스가 「통행

금지 종은 오늘 밤 울려서는 안 되나니」라는 시를 낭송할 거예요. 그건 정말 도덕적인 작품이에요. 그걸 듣는 게 제게 큰 도움이 될 거예요. 그리고 성가대가 찬송가나 다름없이 멋진 노래를 네 곡이나 부를 거래요. 참, 마릴라, 목사님도 오세요. 정말로요. 목사님이 연설도 하실 거라고요. 설교나 별 차이가 없을 거예요. 그러니 제발 저 좀 가면 안 될까요, 마릴라?"

이 가운데 'do someone good'이라는 표현이 눈에 띄는데 '누군가에게 이득이 되다'라는 의미의 숙어이다. 프리시 앤드루스가 낭송하는 시가 자신에게 도움이 될 거라는 의미로 쓰였다. 또 'as good as'라는 표현은 '…와 다를 바 없는'이라는 의미의 숙어로, 목사님의 연설이 주일날 설교와 진배없을 거라는 앤의 수사를 볼 수 있다. 그래도 마릴라가 완강하게 반대하자 이런 표현이 등장한다.

"There's just one more thing, Marilla," said Anne, with the air of producing the last shot in her locker. "Mrs. Barry told Diana that we might sleep in the spare-room bed. Think of the honor of your little Anne being put in the spare-room bed."

"한 가지가 더 있어요. 마릴라." 앤이 최후의 카드를 꺼내는 듯한 표정으로 말했다. "배리 부인이 다이애나에게 저랑 다이애나랑 둘이 객실에서 자도 된다고 했대요. 제가 객실 침대에서 자는 게 얼마나 영광스러운 일인지 한번 생각해보세요.”

객실은 ‘guest room’이라고 해도 되는데, 보통 남는 방을 객실로 쓰기 때문에 ‘spare room’이라고도 한다. 어릴 때 이 객실 에피소드를 읽고 대체 객실이 얼마나 특별하길래 앤이 이렇게 감동하는지 정말로 궁금했다. 객실에서 잘 수 있다는 사실에 감격한 앤이 이게 최후의 수단이자 비장의 카드인 것처럼 꺼내 보였다(produce)는 표현이 재미있다. 여기서 ‘locker’란 라커룸의 라커를 말하는 게 아니라 배의 ‘shot locker’, 그러니까 탄환 비축실을 말한다. 여기에 남은 마지막 탄환이라는 뜻이므로, 우리말의 관용어구를 이용해 ‘최후의 카드를 꺼냈다’ 정도로 옮기면 좋을 것이다.

그러나 마릴라는 요지부동이다. 앤의 성정으로는 또 흥분해서 며칠이고 들떠 있을 거라는 이유로 반대한다. 그러자 잠자코 있던, 아니, 거실에서 잠들어 있던 것처럼 보였던 매튜가 거든다.

> “Well now, Marilla, I think you ought to let Anne go.”
> “어, 마릴라, 앤을 보내주는 게 어떨까.”

이 말에 마릴라는 앤의 양육 담당은 자신이라며 당연히 거절한다. 하지만 말싸움을 못하는 매튜의 비책은 집요하다는 점인지라,

같은 말을 밤부터 아침까지 몇 번이고 반복해서 되풀이한다.

"I think you ought to let Anne go," repeated Matthew firmly. Argument was not his strong point, but holding fast to his opinion certainly was.

"앤을 보내주는 게 어떨까." 매튜가 단호하게 같은 말을 반복했다. 매튜는 논쟁은 잘 못했지만, 그 대신 자기 의견을 굳세게 고집하는 점이 분명한 장점이었다.

이렇게 매튜가 고집을 부리며 지원 사격을 해준 덕에 앤은 토론 클럽 콘서트에 가게 된다. 길버트 블라이드의 낭송만 빼고 모든 순서를 빠짐없이 즐긴 앤은 밤 11시가 넘어 다이애나의 집으로 돌아온다. 다들 이미 잠자리에 든지라 까치발로 살금살금 걸어 객실로 간 앤과 다이애나는 둘이 같이 침대에 뛰어들었다가 누군가가 "아이고머니나!" 하고 비명을 지르는 바람에 기겁을 하고 다른 방으로 도망치게 된다.

하필이면 그날 다이애나 아버지의 고모인 조지핀 대고모가 다이애나의 집에 도착해 객실에서 잠자리에 들었고, 다이애나의 부모님은 미처 아이들에게 이 사실을 알려주지 못하고 먼저 잠자리에 들어버리는 바람에 이런 불상사가 일어났던 것이다. 조지핀 대고모는 노발대발하며 다이애나에 대한 교육비 지원을 끊겠다고 선언해버린다. 이 소식을 린드 부인에게 전해 들은 앤은 마음이 좋지 않다. 앤이 자신에겐 왜 계속 불행한 일들이 닥치는지 한탄하자, 린드 부인은 앤이 충동적이라 그렇다며 뭐든 하기 전에 멈춰서 생각을 하라고 말해준다. 이에 앤은 또 이렇게 대꾸한다.

"Oh, but that's the best of it," protested Anne. "Something just flashes into your mind, so exciting, and you must out with it. If you stop to think it over you spoil it all. Haven't you never felt that yourself, Mrs. Lynde?"

"어, 그게 가장 좋은 점인 걸요. 어떤 일이 머리에 번뜩 떠오르면, 너무 신나서 그 일을 해봐야지요. 생각하느라 뜸을 들이면 그 신나는 기분을 다 망치는 거잖아요. 그런 생각 든 적 없으세요, 린드 부인?" 앤이 항변했다.

어떤 아이디어가 떠오르면 앞뒤 재지 않고 당장 행동으로 옮기는 아이에게 제발 생각부터 하라는 린드 부인과 달리, 그 흥분과 즐거움이 식기 전에 달려가 바로 행동으로 옮기는 것이 좋지 않냐고 말하는 앤의 모습이 정말 아이답다. 일단 저지르고 후회하는 이 충동적인 면, 한편으로는 사랑스럽지만 다른 한편으로는 역시 이래서 마릴라 같은 양육자가 필요하다는 생각도 든다.

앤은 조지핀 대고모님을 찾아가 용서를 빈다. 앤의 극적인, 그러나 진심 어린 사과에 조지핀 대고모는 마음을 푼다. 앤의 과장된 진지함이 재미있다 못해 사랑스러워 보였던 것 같다. 조지핀 대고모는 다이애나에 대한 후원을 중단하지 않겠다며 결정을 번복하고는 애번리에 머무는 동안 앤을 계속 불러서 이야기를 듣는다. 그리고 떠나면서 언제든지 앤이 자신의 집을 방문하면 앤에게 가장 좋은 객실(very sparest spare room)을 내주겠노라고 약속한다.

"Miss Barry was a kindred spirit, after all," Anne confided to Marilla. "You wouldn't think so to look at her, but she is. You don't find it right out at first, as in Matthew's case, but after a while you come to see it. Kindred spirits are not so scarce as I used to think. It's splendid to find out there are so many of them in the world."

"조지핀 대고모님은 알고 보면 마음이 맞는 분이세요." 앤이 마릴라에게 털어놓았다. "대고모님을 보기만 해서는 그런 생각이 안 드실 거예요. 하지만 통하는 거 맞아요. 매튜 아저씨처럼 처음에는 그런 모습이 안 보이는 것뿐이에요. 그렇지만 시간이 지나면 보여요. 같은 부류인 사람들은 어릴 때 생각했던 것만큼 드물지 않나 봐요. 세상에 마음이 맞는 사람이 이렇게나 많다는 걸 알게 되는 건 정말 멋진 일이에요."

앤은 거리를 두고 떨어져서 보면 절대 알 수 없는 사람의 진면목을 보는 법을 배워간다. 어떤 사람을 직접 마주하는 것은 부담스러운 면도 있지만, 앤은 직접 대면하여 그 마음에 둘러쳐진 장벽을 무너뜨리는 방법을 배운다. 내게 친절을 베풀기를 기대하는 것이 아니라 다른 이에게서 친절을 찾아내준다. 빨강 머리 앤이 가진 내면의 힘이 이제 서서히 뿜어져 나와 빛나기 시작한다. 우리가 빨강 머리 앤에게 빠져드는 이유 중 하나는 바로 이 점이 아닐까 싶다.

20

There's such a lot of different Anne in me

내 안에는 많은 앤이 있어

『빨강 머리 앤』을 읽다 보면 작가인 루시 모드 몽고메리가 남다른 표현력으로 그려내는 캐나다의 자연에 흠뻑 빠지게 된다. 아름다운 자연에서 사는 사람 모두가 자연을 즐기거나 자연을 표현할 줄 아는 것은 아니다. 모두에게 같은 일상이고 같은 풍경이지만 그 풍경과 일상 속의 매력을 하나하나 찾아내어 누릴 줄 아는 눈이 앤에게만 있다는 사실은 많은 것을 시사한다. 사회의 가장자리 혹은 경계에서 자란 고아 소녀이기에, 많은 이들이 당연하다고 여기는 일상과 풍경의 틈새에서 소중한 가치를 길어 올릴 수 있는 것이다.

이런 귀한 시선을 가진 앤은 스스로를 바라보는 방식 역시 남들과 다르다. 자신을 하나의 모습으로 규정짓지 않고 가능성을 열어두며, 부정적인 모습조차 긍정적으로 감싸 안는다. 길버트를 의식하며 경쟁하던 모습에서 벗어나며 앤은 다이애나에게 이렇게 말한다.

"There's such a lot of different Annes in me. I sometimes think that is why I'm such a troublesome person. If I was just the one Anne it would be ever so much more comfortable, but then it wouldn't be half so interesting."

"내 속에는 각양각색 여러 명의 앤이 있어. 때로는 그래서 내가 이렇게 사고뭉치가 됐나 하는 생각도 들어. 만일 앤이 한 명뿐이라면 세상 편할 텐데 말이지. 하지만 그러면 재미는 절반으로 줄어들 것 같아."

6월의 어느 날 저녁, 마릴라가 앤의 방, 그러니까 이제는 그 어느 때보다 방 주인의 특색이 물씬 묻어나는 방으로 들어서자, 앤은 두통에 시달리는 마릴라를 위로한 후 이렇게 묻는다.

"I wanted to be extra good today because it's an anniversary. Do you remember what happened this day last year, Marilla?"

"No, I can't think of anything special."

"Oh, Marilla, it was the day I came to Green Gables. I shall never forget it. It was the turning point in my life. Of course it wouldn't seem so important to you. I've been here for a year and I've been so happy. Of course, I've had my troubles, but one can live down troubles. Are you sorry you kept me, Marilla?"

"오늘은 제가 어느 때보다도 착하게 굴고 싶었어요. 오늘은 기념일이니까요. 작년 이날에 어떤 일이 있었는지 기억나세요, 마릴라?"

"아니, 딱히 생각나는 게 없는걸."

"아, 제가 초록 지붕 집으로 온 날이잖아요. 전 결코 잊지 못할 거예요. 그날이 제 삶의 분수령이니까요. 물론 마릴라에게는 별로 중요하지 않을 수 있어요. 여기 온 지 1년인데 전 내내 참 행복했어요. 물론 제가 이런저런 말썽을 피우기는 했지만 잘못은 고치면서 살 수 있으니까요. 저를 키우기로 한 걸 후회하세요, 마릴라?"

이 질문에 마릴라는 아니라고 답한다. 이제는 앤이 없는 삶을 상상할 수 없게 되어버렸기 때문이다. 그리고 문득 마릴라는 앤에게 다이애나 집에 가서 앞치마 패턴을 받아 와달라고 부탁한다. 그러나 앤은 이미 해가 져서 너무 어둡다며, 다음 날 아침에 가면 안 되냐고 호소한다. 자신과 다이애나가 상상으로 지어낸 유령의 숲을 지나가야 한다는 것이다.

"Oh, Marilla, how can you be so cruel?" sobbed Anne. "What would you feel like if a white thing did snatch me up and carry me off?"

"I'll risk it," said Marilla unfeelingly. "You know I always mean what I say. I'll cure you of imagining ghosts into places. March, now."

"어머, 마릴라, 어쩌면 그렇게 잔인하세요?" 앤이 흐느끼며 말했다. "하얀 유령이 저를 낚아채서 데려가버리면 어쩌시려구요?"

"그럴 위험은 감수하마." 마릴라가 시큰둥하게 답했다. "내가 항상 진심만 말한다는 거 알지? 여기저기에 유령이 돌아다닌다고 상상하는 네 병을 고쳐주마. 자, 이제 씩씩하게 갔다 오렴."

마릴라는 상상력이 뛰어나다 못해 매일 다니는 동네 숲에도 유령이 산다 생각하고 그 두려움에 우는 앤의 사정을 봐주지 않는다. 지나친 상상이 현실을 좀먹는 상태를 참아줄 마릴라가 아니지 않은가. 이런 마릴라가 자신의 성격을 "I always mean what I say."라고 표현하는 부분도 인상적인데 "난 항상 진심을 말해."라는 뜻이다.

영어로 "진심이야."는 "I mean it."이라고 표현한다. 앞의 표현은 강조형인데 "I mean what I say and I say what I mean."이라고 말하면 두 배로 강조한 셈이 된다. 직역하면 "내가 하는 말 그대로가 내 의도이고, 내 의도 그대로 말한다.”가 되므로, 내가 하는 말을 말 그대로 받아들이라는 뜻이다. 구어체에서는 “너 그거 진심이야?”라고 물을 때 “Do you mean it?”이라고 표현하곤 한다.

앤은 무서운 유령의 숲을 씩씩하게 헤치고 심부름을 다녀온다. 왜 상상력을 남발해서 유령에까지 생기를 불어넣었는지 스스로도 후회하면서. 무사히 심부름을 다녀온 앤에게 마릴라가 묻는다.

> “Well, so nothing caught you?” said Marilla unsympathetically. “Oh, Mar—Marilla,” chattered Anne, “I’ll b-b-be contt-tented with c-c-commonplace places after this.”
>
> “음, 귀신은 안 나왔고?” 마릴라가 무심하게 말했다. “마… 마릴라.” 앤이 덜덜 떨며 답했다. “이제부터는 평범한 장소들로 만족할래요.”

다정이 병인 것처럼, 상상력이 지나쳐 문제였던 앤은 이렇게 절제를 배운다. 어른들만 앤을 통해 변하는 게 아니다. 아직 어린이인 앤도 변한다. 자유에도 경계가 있음을, 세상에서 가장 자유로운 상상력에도 넘지 말아야 할 선이 있음을 이렇게 배운다. 앤 속의 수많은 앤 중 한 명이 또 이렇게 생겨난다.

21

Tomorrow is a new day with no mistakes in it yet

아직 아무 실수도 하지 않은 내일이 있다는 것

계절이 변하듯 사람들도 들고 난다. 애번리에도 떠나가는 이들과 새로 오는 이들이 있다. 학교에서 앤을 부당하게 취급했던 필립스 선생님이 떠나가고, 애번리에서 18년 동안 목회를 했던 벤틀리 목사님도 사임을 해서 떠나간다.

필립스 선생님이 떠나갈 때, 예상과 달리 앤은 다른 소녀들과 함께 펑펑 운다. 떠나가는 이가 남기는 말에 감동하고, 주변 소녀들의 감정에 전염된 것이다. 그러나 앤의 슬픔은 젊은 앨런 목사와 그의 아름다운 아내가 온다는 기쁨 그리고 호기심에 밀려 사라진다.

앤은 앨런 목사 부인의 아름다움과 친절함, 밝음에 매료된다. 아직 메신저와 메시지를 구별하지 못하는 어린이는 그래서 이렇게 말한다.

"Mrs. Allan said we ought always to try to influence other people for good. She talked so nice about everything. I never knew before that religion was such a cheerful thing. I always thought it was kind of melancholy, but Mrs. Allan's isn't, and I'd like to be a Christian if I could be one like her. I wouldn't want to be one like Mr. Superintendent Bell."

"앨런 부인은 우리가 늘 다른 이들에게 좋은 영향을 미치도록 노력해야 한다고 말씀하셨어요. 그분은 모든 일에 대해 아주 멋지게 말해요. 저는 전에는 종교가 이렇게 즐거운 것인지 몰랐어요. 항상 좀 음울하다고 생각했거든요. 그런데 앨런 부인은 그렇지 않잖아요. 그 부인처럼 될 수 있다면 전 기독교인이 될래요. 하지만 벨 장로님 같은 기독교인이라면 되고 싶지 않아요."

기독교인들은 사람을 보고 교회에 다니면 안 된다는 말을 흔히 한다. 물론 사람만 보고 다니면 안 되지만, 믿음의 본이 되는 좋은 기독교인의 존재는 중요하다. 특히 밝음과 즐거움이 있는 종교를 좇겠다는 앤의 사고방식은, 거룩하고 위엄 있는 것만이 종교의 모습이라는 편견을 깨고 있다.

『빨강 머리 앤』이 쓰인 1900년대 초에는 기독교 교회들이 지나치게 권위적이고 진지했는지도 모르겠다. 그 배경을 고려해볼 때 어린 앤이 하는 말은 굉장히 파격적이기까지 하다. 소설의 배경인 프린스에드워드섬의 주요 종교는 천주교와 개신교였고, 그중에서도 스코틀랜드계 장로교회(Presbyterian)가 주를 이루고 있었다. 'superintendent'라는 벨 씨의 직분도 다른 장로교에는 없는 스코틀랜드계 장로교회의 고유한 직책으로, 보통 교회의 감독 혹은 감독관이라고 부르는데, 여기서는 이해하기 쉽도록 '장로'로 옮겼다.

온 마을을 신방하던 앨런 목사 부부는 드디어 초록 지붕 집에도 차를 마시러 온다. 앤은 몹시 흥분해서 케이크를 직접 굽고, 마릴라는 온갖 음식을 종류별로 차려낸다. 차와 음식을 먹을 만큼 먹고 배가 부르다는 목사 부인에게 앤은 직접 구운 케이크를 권한다. 부인이 한 조각을 베어 맛을 보는데, 그 표정이 이상하다. 앤이 바닐라 대신 마릴라가 바닐라 통에 담아둔 진통제를 넣은 탓이다. 앤은 자기 방으로 올라가 울음을 터뜨리지만, 목사 부인이 따라 올라와 실수는 누구나 한다며 달래준 후에는 마음을 가라앉힌다. 목사 부인에 대한 앤의 호감은 이로 인해 더더욱 커진다.

그날 저녁, 예의 말 많고 쾌활한 소녀로 돌아온 앤이 마릴라에게 말한다.

"Marilla, isn't it nice to think that tomorrow is a new day

with no mistakes in it yet?"

"I'll warrant you'll make plenty in it," said Marilla. "I never saw your beat for making mistakes, Anne."

"Yes, and well I know it," admitted Anne mournfully. "But have you ever noticed one encouraging thing about me, Marilla? I never make the same mistake twice."

"I don't know as that's much benefit when you're always making new ones."

"Oh, don't you see, Marilla? There must be a limit to the mistakes one person can make, and when I get to the end of them, then I'll be through with them. That's a very comforting thought."

"마릴라, 아직 아무 실수도 하지 않은 새로운 날인 내일이 있다는 건 정말 멋지지 않나요?"

"내 장담하는데 넌 또 실수를 잔뜩 저지를걸. 보아하니 실수 없이 넘어가는 날이 없더구나." 마릴라가 말했다.

"맞아요. 저도 알아요." 앤이 처량하게 인정했다. "하지만 저한테 한 가지 고무적인 구석이 있다는 건 눈치 못 채셨나요, 마릴라? 저는 같은 실수를 두 번은 안 해요."

"늘 새로운 실수를 하니까 그게 꼭 장점인지는 모르겠다만."

"어머, 모르시겠어요, 마릴라? 한 사람이 저지를 수 있는 실수에는 분명 총량이 있어요. 그래서 그 총량을 다 채우면 그땐 더 이상 실수하지 않게 될 거예요. 이 생각을 하면 정말 마음이 놓여요."

시쳇말로 '지랄 총량의 법칙'이 있다고들 하는데, 마치 그것처럼 앤은 실수에도 한계량이 있어서 어느 지점에 도달하면 더는 하지 않게 된다는 '실수학 개론'을 당당히 펼치고 있다. 곰곰이 생각해보자. 여느 이야기라면 아이가 실수를 하고 낙담해 있을 때, 누군가가 옆에 다가와 "걱정 마, 실수에는 총량이라는 게 있어. 그 총량을 채우면 더는 실수를 안 하게 돼." 하고 위로해주는 장면이 자연스럽게 떠오르지 않는가.

그런데 이 엉뚱한 앤을 보시라. 자신의 실수, 앞으로도 무수히 저지를 실수에 대해 천연덕스럽게 당당한 데다 그 사실을 자기 입으로 인정한다. 이런 당당함은 스스로를 온전히 사랑하고 긍정하는 사람만이 내보일 수 있다. 긍정적인 당당함을 드러내는 앤은 사랑스럽고, 앤의 실수학 개론은 단순한 개론에 그치지 않는다. 그 기저에 앤의 단단한 자기 사랑과 자기 긍정이 자리 잡고 있기 때문이다. 우리가 눈여겨보아야 할 것은 앤이 가진 이러한 자기 긍정의 힘이다.

22

You're thinking too much about yourself

너는 너무 네 생각만 해

"And what are your eyes popping out of your head about. Now?" asked Marilla.

"아니, 이번에는 뭐 때문에 눈이 튀어나올 것 같은 표정인 거니?" 마릴라가 물었다.

이번 장은 이런 구절로 시작된다. 앤이 너무 흥분할 정도로 기쁜 일이 또 생긴 게 틀림없다. 앤은 작은 일에도 기뻐하고, 작은 일에도 슬퍼하는 아이니까. 'eye-popping'이라는 표현은 깜짝 놀랐다는 뜻인데, 너무 놀라 눈이 튀어나올 정도라는 의미에서 그렇게 쓴다. 패스트푸드 체인점 중 한 곳인 '파파이스'의 영어 표기는 'pop-eyes'이다. 눈이 튀어나올 만큼 놀랍게 맛있다는 의미에서 이렇게 쓰기도 하고, 요즘 젊은 세대는 잘 모르는 '뽀빠이'라는 예전 애니메이션 캐릭터의 이름이기도 하다.

앤은 앨런 부인이 목사관에서 여는 티파티에 다른 주일학교 친구들과 함께 초대를 받는다. 당연히 눈이 튀어나올 정도로 기뻐하던 앤은 다음 순간 날씨가 나쁠까 봐 걱정하고, 가서 행여 실수라도 하지 않을까 걱정한다. 작은 일에도 하늘에 닿을 듯 기뻐하고, 작은 일에도 땅이 꺼진 듯 낙담하는 순수한 모습이 어린아이답기는 하다. 그러나 모든 아이는 때가 되면 자라야 한다.

어렸을 때는 나도 감정 기복이 심해서 상승과 추락을 반복하며 나날이 다른 기분으로 사는 것이 참 힘들었다. 나이 들면서 이런 감정 기복이 줄어들고 많이 평온해졌는데, 드디어 내면에 평야가 생긴 듯한 안도감이 들 때도 있다. 하지만 다른 한편으로는 어렸을 때만큼 삶을 강렬하게 살고 있지 못하다는 상실감도 든다. 지형이 울퉁불퉁하고 산도 있고 계곡도 있어야 생명의 물이 흐른다는 걸, 너무 평평한 땅에는 물이 흐르기 힘들 수 있다는 걸 뒤늦게 깨달은 셈이다.

앤에게만 감정을 이입해서 읽었던 어린 시절을 지나, 마릴라의 나이가 되어서 『빨강 머리 앤』을 다시 읽자니 이제는 앤의 심정도, 마릴라의 심정도 다 공감되는 부분이 있다. 특히 마릴라가 어떤 마음으로 앤을 바라보고 있는지 이제 이해가 간다.

For Anne to take things calmly would have been to change her nature. All "spirit and fire and dew," as she was, the pleasures and pains of life came to her with trebled intensity. Marilla felt this and was vaguely troubled over it, realizing that the ups and downs of existence would probably bear hardly on this impulsive soul and not sufficiently understanding that the equally great capacity for delight might more than compensate. Therefore Marilla conceived it to be her duty to drill Anne into a tranquil uniformity of disposition as impossible and alien to her as to a dancing sunbeam in one of the brook shallows. She did not make much headway, as she sorrowfully admitted to herself.

앤이 세상을 차분하게 받아들인다는 것은 본성을 바꾸는 일이 될 터였다. 앤은 '순수한 영혼이자 뜨거운 불이자 맑은 이슬'인 아이였고, 그래서 그녀에게 삶의 기쁨과 아픔은 세 배는 더 강렬했다. 마릴라는 이를 느꼈기에 이를 두고 막연하게 고민했다. 삶의 우여곡절이 이 충동적인 아이를 힘들게 할 거라는 점은 알고 있었지만, 아이가 그 능력으로 기쁨도 강렬하게 느끼기 때문에 아프고 슬픈 부분이 상쇄되고도 남을 거라는 점은 충분히 이해하지 못하고 있었다. 그래서 마릴라는 얕은 시냇물 속에서 일렁이며 춤추는 햇빛을 고요하고 얌전한 성정으로 바꾸는 것만큼이나 불가능하고 생경한 일인데도 앤을 그렇게 바꾸는 것이 자신의 의무라 여겼다. 그러나 마릴라는 별 진전은 없다고 서글프게 인정하지 않을 수 없었다.

앤이 목사관 티파티에서 행여 실수를 하지 않을까 걱정하느라 자신의 감정에 갇혀 천국과 지옥을 오르락내리락하자, 마릴라는 옆에서 이렇게 일러준다.

"The trouble with you, Anne, is that you're thinking too much about yourself. You should just think of Mrs. Allan and what would be nicest and most agreeable to her," said Marilla, hitting for once in her life on a very sound and pithy piece of advice. Anne instantly realized this.

"앤, 네 문제는 말이지, 너 자신에 대해서만 너무 많이 생각하는 거란다. 실은 앨런 부인을 생각하고 어떻게 하는 것이 부인을 편하게 하는 일인지 생각해야 해." 마릴라는 그렇게 일생일대의 명쾌하고 유익한 충고를 했다. 앤은 이게 무슨 말인지 즉각 알아들었다.

"넌 너무 감정이 과도해."라고 지적해서 누군가의 과한 성정을 다스리기란 쉽지 않다. 마릴라가 한 것처럼 "너만 보지 말고 다른 사람도 보렴. 아끼고 좋아하는 사람에게 잘해주고 그 사람을 편하게 해주려고 애쓰다 보면 예의 바르게 잘 처신하는 결과로 이어진단다. 그게 마음에서 우러나오는 예의란다."라고 차분히 설명해주는 것이 자신만의 감정에 갇힌 아이를 끌어내는 가장 좋은 방식이 아닐까. 앤은 총명한 아이라서 이 말이 무슨 뜻인지 곧장 알아듣는다. 이제 앤은 감정의 과몰입에서 스스로 천천히 벗어날 수 있을 것이다.

세상이 자기 자신만을 중심으로 도는 건 아니라는 것, 다른 사람을 좋아하면 그 사람을 배려해 자신의 닫힌 세계를 열어야 한다는 것, 그래야 혼자만의 세계에 갇혀서 격하게 흐르던 감정의 물결이 순하게 흐른다는 것을 앤은 이렇게 배운다.

23

Even my imagination has its limits

제 상상력에도 한계는 있어요

앤이 아무런 실수도 하지 않은 채 2~3주가 지나간다. 이제 슬슬 새로운 실수를 저지를 때가 되었다 싶을 때, 과연 앤은 기대를 저버리지 않는다. 사달은 다이애나의 집에 같은 반 여자아이들만 모여 파티를 벌일 때 일어나고 만다.

They had a very good time and nothing untoward happened until after tea, when they found themselves in the Barry garden, a little tired of all their games and ripe for any enticing form of mischief which might present itself.

차를 다 마실 때까지는 아무 일도 생기지 않고 아주 즐거운 시간을 보냈다. 그러다 아이들은 다이애나의 집 정원에 나가게 되었다.

이런저런 게임에는 다들 다소 싫증이 나서 무언가 구미가 당기는 장난이 모습을 드러낼 분위기가 무르익은 상태였다.

이 문장에서 눈여겨보아야 할 표현은 'find oneself 보어(형용사)' 구문이다. 직역하면 '주어는 자기 자신이 형용사의 상태라는 것을 찾다' 정도가 되겠지만, 이 표현의 묘미는 사용하는 자만 느낄 수 있을 것 같다. 이 표현은 주어인 사람이 의도하지 않았고 (의식적으로는) 원하지도 않았는데 '어랏, 내가 …한 상태라니!' 라는 뉘앙스를 전달할 때 주로 쓰인다. 예를 들어 'I found myself standing before her house.'라는 문장을 보자. '어랏, 내가 그녀의 집으로 오려고 했던 건 아닌데, 내 발이 나도 모르는 새에 나를 이리로 이끌었나?' 정도의 뉘앙스를 담고 있으니 '어쩌다 보니 그녀의 집 앞에 서 있었다.'라고 해석하면 된다.

그러니까 앞의 인용문 속 문장 역시, 아이들이 게임도 할 만큼 하고 어쩌다 보니 정원까지 가서 아, 뭐 또 재미있는 장난 좀 없을까 은근히 기다리게 되었다는 뉘앙스를 담고 있다. 이 표현이 나올 때마다 이런 뉘앙스를 느끼면서 읽다 보면 읽기 체험이 풍성해질 것이다.

아이들은 결국 서로에게 도전하는(daring) 장난을 시작한다. '울타리 위를 걸어보기' 같은 걸로 서로에게 차례로 도전하는 것이다. 앤은 조시 파이로부터 지붕의 들보를 걸어보라는 도전을 받게 된다. 자존심이 걸린 문제라 앤은 지붕 위로 올라가 걷고, 그러다 결국 미끄러져 발목이 부러진다.

다이애나 아버지의 품에 안겨 초록 지붕 집으로 돌아오는 앤을 보고 마릴라는 대경실색한다. 그 뒤로 소녀들이 줄줄이 따라오는 가운데, 다이애나 아버지 품에 안긴 앤은 이렇게 말한다.

"Don't be very frightened, Marilla. I was walking the ridgepole and I fell off. I expect I have sprained my ankle. But, Marilla, I might have broken my neck. Let us look on the bright side of things."

Overcome by the pain of her injury, Anne had one more of her wishes granted to her. She had fainted dead away.

"너무 놀라지 마세요, 마릴라. 지붕 들보를 걷다가 떨어졌어요. 발목을 삔 것 같아요. 그런데 마릴라, 자칫하면 목이 부러질 수도 있었어요. 그러니까 긍정적으로 보기로 해요."

다친 부위의 고통이 극심해서 앤은 평소 소원 중 하나를 이루게 되었다. 영락없이 기절을 하고 만 것이다.

상황을 긍정적으로 보자는 'Let's look on the bright side.'는 잘 알려진 표현이다. '소원을 이루다'라는 뜻의 'have a wish granted'라는 표현이 더 흥미롭기는 하다. 신은 'grant a wish', 즉 소원을 이루어주는 것이고, 인간은 자기 소원이 이루어지도록 만드는 것(사실은 당하는 것)이라서 이렇게 표현한다.

어린 소녀들이라면 한 번쯤 기절해보고 싶다는 생각은 다들 해봤을 것이다. 나도 어릴 때 아프지는 말고 그냥 한번 '어머!' 하며 쓰러져 기절해보고 싶다는 생각을 했던 것 같아서 이 부분을 읽다가 절로 웃음이 났다.

치료를 받고 안정을 취한 후, 왜 그렇게 무리한 짓을 했느냐고, 자기 같으면 그런 도전 따위는 받지 않는다고 말하는 마릴라에게 앤은 또 이렇게 대답한다.

"But you have such strength of mind, Marilla. I haven't. I just felt that I couldn't bear Josie Pye's scorn. She would have crowed over me all my life. And I think I have been punished so much that you needn't be very cross with me, Marilla."

"하지만 아주머니는 정신력이 강하잖아요. 전 아니에요. 전 조시 파이가 절 무시하는 걸 참을 수 없었어요. 평생 제 앞에서 우쭐거렸을 거라고요. 이미 받을 벌은 다 받은 셈이니 저한테 너무 화내지 마세요, 마릴라."

여기 어린 소녀가 '일생'을 두고 하는 말이 나온다. 조시 파이가 자신을 두고 평생 우쭐거릴 거라 생각하는 앤을 보면, 어린아이가 생각하는 '평생'은 참으로 거대하고 순진하다는 생각이 든다. 어른이라면 다르게 생각할 것이다. 몇 년 있으면 학교를 졸업하고 고향을 떠나거나 결혼을 해버려서 어쩌면 평생 다시 보기 힘들지도 모른다는 걸 아니까. 그런데 어린이는 눈앞의 자기 세계가 영원한 줄 알고, 아주 손쉽게 일생을 걸고 우쭐거리는 꼴을 볼 수 없다고 말한다. 어린아이가 보는 일생의 길이는 대체 얼마나 되는 걸까?

다리를 다친 앤에게 방문객이 이어진다. 학교 친구들도 연달아 찾아오고, 다이애나는 매일 온다. 앨런 부인도 여러 번 오고, 심지어 설교가 지루하다고 앤이 불평했던 교회의 벨 장로님도 병문안을 온다.

"He told me all about the time he broke his ankle when he was a boy. It does seem so strange to think of Superintendent Bell ever being a boy. Even my imagination has its limits, for I can't imagine THAT. When I try to imagine him as a boy I see him with gray whiskers and spectacles, just as he looks in Sunday school, only small."

"벨 장로님이 어릴 때 발목이 부러졌던 얘기를 해주셨어요. 벨 장로님이 소년이었다는 생각만 해도 이상해요. 제 상상력에도 한계가 있나 봐요. 왜냐하면 소년인 벨 장로님은 도통 상상할 수가 없거든요! 소년일 때 모습을 상상해보려고 했는데, 회색 수염에 안경을 쓴 모습만 떠올라요. 주일학교에서 보는 모습 그대로인데 키만 좀 작은 장로님이요."

앤은 지금까지 자신이 살아온 삶의 몇 배를 더 산 이의 어린 시절을 상상해보는 경험을 하게 된다. 상상 불가인 평생의 길이를 벨 장로를 통해 느꼈는지도 모르겠다. 자신의 상상에 한계가 있다는 걸 인정하다니 말이다.

발목이 부러진 앤을 보며 오랜만에 평정심을 잠시 잃었던 마릴라는 이제 다시 침착해져 앤에게 일침을 가한다.

"There's one thing plain to be seen, Anne," said Marilla, "and that is that your fall off the Barry roof hasn't injured your tongue at all."

"앤, 내가 보기에 한 가지는 분명하구나." 마릴라가 말했다. "배리 씨 지붕에서 떨어졌어도 네 혀는 그렇게 말짱하다는 거 말이다."

역시 마릴라답다.

24

A little appreciation does good

작은 인정의 힘

다시 10월이 되고 앤은 학교로 돌아간다. 학교에는 스테이시 선생님이 새로 부임해 와 있다.

In the new teacher she found another true and helpful friend. Miss Stacy was a bright, sympathetic young woman with the happy gift of winning and holding the affections of her pupils and bringing out the best that was in them mentally and morally.

새로 온 선생님은 앤에게 또 한 명의 진실되고 도움이 되는 친구가 되어주었다. 스테이시 선생님은 밝고 이해심이 넘치는 젊은 여성으로, 학생들의 애정을 얻고 유지하고, 학생들에게 내재된 정신적·도덕적 잠재력을 최대한 끄집어내는 행복한 재능을 지니고 있었다.

어린 시절에 좋은 선생님을 만나는 것은 커다란 복 중 하나다. 좋은 선생님의 자질은 여러 가지가 있지만, 새로 온 스테이시 선생님은 아이들에게서 그 아이의 최고의 것(the best)을 끄집어내 주는(bring out) 재능을 가지고 있다는 점에서 정말 훌륭한 선생님이라고 할 수 있다.

아이들에게는 무엇보다도 피그말리온 효과가 아주 중요하다. 자신이 만든 조각상과 사랑에 빠져 결국 사랑의 신에게 빌어 그 조각상을 사람으로 만들어 사랑을 완성하는 조각가 피그말리온. 여기에서 유래된 이 심리 현상은, 교사에게서 긍정적인 기대를 받은 그룹과 그렇지 않은 그룹을 비교했을 때, 긍정적인 기대를 받은 그룹이 실제로 많은 실력 향상을 보이는 현상을 말한다. 이는 인간에게 그런 믿음의 힘이 작용한다는 뜻이고, 그러니 이렇게 잠재력을 끄집어내줄 수 있는 교사를 만나는 것은 정말 행운이 아닐 수 없다.

앤은 학교에서 돌아와 크면 무엇이 되고 싶은지 종알종알 떠든다. 아직 미래가 무한하여 자신의 가능성을 이것저것 떠들어보는 어린아이의 모습은 보고만 있어도 참 흐뭇하지 않은가. 나이가 들면서 아쉬운 점 중 하나가 이제 인생의 경로가 정해졌다는 것, 남은 기회가 무한하지 않다는 것인 점을 생각하면 더욱 그러하다.

"I think when I grow up I'll be a trained nurse and go with

the Red Crosses to the field of battle as a messenger of mercy. That is, if I don't go out as a foreign missionary. That would be very romantic, but one would have to be very good to be a missionary, and that would be a stumbling block."

"저는 크면 간호사 훈련을 받고 적십자사와 함께 전쟁터에 자비의 전령으로 나갈래요. 그러니까, 제가 외국에 선교사로 나가지 않는다면 말이에요. 선교는 정말 낭만적인 일 같아요. 하지만 선교사가 되려면 아주 선해야 하는데, 저한테는 그게 걸림돌이 될 것 같아요."

자신이 선교사가 될 만큼은 선하지 못하다며 자기 분수를 파악하는 앤의 말을 듣자면 웃음이 터져나온다. 내면에서 최고의 것을 꺼내는 작업을 하면서 동시에 자신의 본성으로는 불가능한 일을 솎아내는 작업이 진행되고 있는 앤을 볼 때, 자란다는 것이 어떤 것인지 얼핏 가늠하게 된다. 무엇보다 자기 자신에 대해 놀라울 정도로 솔직한 이 아이는, 어쩌면 솔직해서 용감한 자기 인식에 도달했겠구나 싶다. 아직 많은 부분이 '낭만적인' 색조로 덧칠되어 있더라도 말이다. 인용문 마지막 문장의 'stumbling block'은 걸려 넘어지게 만드는 돌이라고 생각하면 되는데, '걸림돌'이라고 번역하면 자연스럽다.

스테이시 선생님은 크리스마스 밤에 학생들과 콘서트를 열기로 계획한다. 다이애나는 노래를 부르고, 제인 앤드루스는 요정 여왕 역을 맡고, 앤은 여왕의 시녀장 역할을 맡는다. 또한 앤은 공연 마지막 순서인 활인화(活人畵: 역사적인 장면 등을 여러 명의 배우가 정지된 행동으로 재현해 보여주는 것)에도 다이애나, 루비와 함께 출연해 각각 믿음, 소망, 사랑 역을 연출하고 대사도 낭송하기로 한다. 앤은 흥분한 채 집에 돌아와 폭포수처럼 말을 쏟아내고, 마릴라는 공부는 하지 않고 다른 걸로 머리를 채운다고 걱정하며 잔소리를 한다.

공감해주지 않는 마릴라를 두고, 앤은 뒷마당으로 나가 장작을 패던 매튜에게 같은 얘기를 또 쏟아놓는다. 앤의 수다를 다 들어준 매튜는 앤의 작은 얼굴을 보고 미소 지으며 맡은 역할을 잘 해낼 거라고 말해준다. 그리고 매튜는 돌아서서 별님을 보며 감사해한다. 자신이 주양육자가 아니라서 얼마나 다행인지 모른다고. 힘든 교육은 대부분 마릴라가 맡고, 자신은 이따금 앤의 좋은 부분을 '인정'해주기만 하면 되어서 참으로 감사하다고 매튜는 생각한다.

A little "appreciation" sometimes does quite as much good as all the conscientious "bringing up" in the world.

작은 '칭찬'이 때로는 세상의 그 모든 성실한 '교육' 못지않게 이롭다.

정말 그렇다. 양육이라는 그림은 전경(foreground)과 배경(background)이 어우러져야 비로소 완성된다. 때로는 눈에 띄지 않는 배경이 전체 그림을 살려주는 것처럼, 양육 역시 배경에서 묵묵히 버티고 있는 이의 애정이 큰 그림을 완성한다.

25

There's no method that'll suit every child

모든 아이에게 적용되는 양육법은 없다

어느 날 부츠를 벗으려고 부엌 구석 의자에 앉은 매튜는 앤과 소녀들이 앞으로 있을 콘서트 준비를 하느라 즐거이 떠들며 들어오는 것을 본다.

Anne stood among them, bright eyed and animated as they; but Matthew suddenly became conscious that there was something about her different from her mates.

앤은 다른 소녀들처럼 눈을 빛내며 활기에 넘친 채 아이들 사이에 서 있었다. 하지만 매튜는 불현듯 앤이 친구들과 무언가 다른 구석이 있다는 것을 알아차리게 되었다.

'there is something [형용사] about someone'은 '누군가에게 [형용사]한 구석이 있다'라고 해석한다. 일례로 할리우드 영화 중에 〈There's Something Special about Mary〉(메리에겐 뭔가 특별한 구석이 있다)라는 제목의 작품이 있다. 앞의 인용문에서는 형용사 뒤에 다른 어구(different from her mates)가 붙어 긴 '의미 덩어리'가 되면서 about her가 앞으로 오며 순서가 바뀌기는 했다.

매튜의 눈에 띈 것은 앤만 옷이 너무 소박하고 평범하다는 점이었다. 특히 앤의 옷에는 한창 유행인 퍼프 소매가 없다는 점이 그랬다. 검약과 금욕을 중시하는 마릴라는 앤에게 한 치의 허영도 허락하지 않겠다는 입장이라, 또래들 사이에서 유행인 퍼프 소매 원피스조차 만들어주지 않는다는 것을 안 매튜는 내친 김에 앤의 크리스마스 선물로 원피스 한 벌을 사주자는 결심을 하게 된다.

그러나 읍내에 나가 여성복을 파는 낯선 잡화점에 가서, 더군다나 여성 직원에게, 그것도 무엇을 어떻게 골라야 할지 잘 모르는 여자아이 옷을 달라고 말하는 것은 매튜에게 엄청난 역경이었다. 그는 쓸데없는 갈퀴와 갈색 설탕만 사 가지고 집에 돌아오는 바람에 필요도 없는 설탕을 사 왔다고 마릴라에게 지청구만 듣게 된다. 결국 매튜는 린드 부인에게 앤의 크리스마스 선물로 줄 원피스를 만들어달라고 부탁한다. 린드 부인은 선선히 수락한 후 이렇게 혼잣말을 한다.

"It'll be a real satisfaction to see that poor child wearing something decent for once. The way Marilla dresses her is positively ridiculous, that's what, and I've ached to tell her so plainly a dozen times. I've held my tongue though, for I can see Marilla doesn't want advice and she thinks she knows more about bringing children up than I do for all she's an old maid. But that's always the way. Folks that has brought up children know that there's no hard and fast method in the world that'll suit every child."

"그 불쌍한 아이가 한 번이라도 제대로 된 걸 입는 모습을 보게 되다니 정말 만족스러울 것 같아. 마릴라가 앤의 옷을 입히는 방식은 좋게 생각해도 우스꽝스럽거든. 그게, 열댓 번은 대놓고 말해주고 싶었다고. 하지만 혀를 붙들어맸지. 왜냐하면 마릴라는 충고를 원치 않는 데다, 노처녀인데도 나보다 자기가 아이 양육에 대해 더 잘 알고 있다고 생각하니까. 하긴 항상 그런 식이지. 아이를 키워본 사람들은 모든 아이에게 적용되는 만고불변의 양육법은 없다는 걸 알거든."

린드 부인의 이 말, 폐부를 찌르는 현명한 말이다. 일단 본인이 열 명도 넘는 아이를 키워본 경험자인데도 처음 아이를 키워보는 마릴라의 양육 방식에 대해 감 놔라 배 놔라 하지 않고 입을 다물고 있는 것만 봐도 그렇다. 린드 부인은 모든 아이를 다 똑같은 방법으로 키울 수 없다는 것, 아이마다 키우는 방식이 다 달라야 한다는 것을 알고 있어서 자신의 양육 방식을 남의 집 아이에게도 적용해보라고 권하는 우를 범하지 않는다. '내가 해봐서 아는데'라는 자기 중심적 사고에 갇히지 않고, 남들은 다른 방법이 있겠거니 생각하며 그들이 원해서 선택한 방식으로 아이를 키우도록 존중해주는 아주 성숙한 태도를 취하고 있는 것이다.

그렇게 앤의 크리스마스 선물이 도착한다. 2주 동안 매튜에게 무슨 꿍꿍이가 있는 것 같다고 의심쩍게 바라보던 마릴라는 원피스 선물이 내키지 않으나, 또 딱히 뭐라고 하지도 않는다. 그리고 드디어 크리스마스 아침이 밝는다. 눈이 없는 '그린(green) 크리스마스'가 될 것 같았지만 마지막 순간에 눈이 펑펑 내려서 애번리를 뒤덮으며 화이트 크리스마스가 된다. 앤은 역시나 화이트 크리스마스에 감격해 1층에 내려왔다가 매튜의 선물을 보고 한동안 말을 잇지 못한다. 그리고 너무 기뻐서 아침도 제대로 먹지 못한다.

그날 밤 애번리 학교의 학생들은 발표 행사를 성황리에 마친다. 다이애나의 노래도, 앤의 낭송도 아주 성공적이었다. 앤의 낭송에 대해 다이애나는 이렇게 말한다.

"Well, your recitations just brought down the house, Anne.

That sad one was simply splendid."

"아, 네 낭송은 관중 모두에게 우레와 같은 박수갈채를 받았잖아. 그 슬픈 낭송은 정말로 멋졌어."

'bring down the house'는 모두에게서 박수갈채를 받는다는 뜻이다. 원래 'bring down'은 무언가를 무너뜨린다는 뜻인데, 공연장(the house)이 무너질 정도로 우레와 같은 박수를 받았다는 뜻으로 이해하면 된다.

다이애나는 일부러 얘기를 듣지 않으려는 앤에게 길버트 브라이드가 앤이 떨어뜨린 꽃을 하나 주워서 자기 가슴에 달린 주머니에 넣었다는 이야기를 해준다. 하지만 앤은 길버트 얘기를 듣는 것도, 길버트 생각을 하는 것도 거부한다.

공연 날 밤, 매튜와 마릴라는 앤의 공연이 너무도 흡족하다. 그들은 다가오는 봄에 열세 살이 되는 앤이 나중에 애번리 학교를 졸업하면 다른 지역에 있는 상급 학교인 퀸스아카데미로 진학시키자는 이야기를 한다. 나중에 얘기해도 된다는 마릴라의 말에 매튜는 이렇게 대답한다.

"Well now, it'll do no harm to be thinking it over off and on," said Matthew. "Things like that are all the better for lots of thinking over."

"글쎄다, 떠오를 때마다 생각해보는 것도 나쁠 거 없지." 매튜가 말했다. "그런 일들은 많이 생각해두는 게 훨씬 더 좋으니까."

'off and on'이라는 말은 직역하면 '떨어졌다가 붙었다가'라는 뜻이니까 생각을 "했다가 안 했다가" 정도로 해석된다. 아직 2~3년 시간이 남았으니까 생각날 때마다 검토해보다가 쉬고, 또 생각해보고 그런다는 뜻인데, 한국말로 똑떨어지게 번역하기가 까다로워서 '떠오를 때마다 생각하다'라는 표현을 썼다. 하지만 이 영어 표현은 아래와 같은 상황에 쓰면 더 좋다. 'I took yoga lessons for 4 years off and on.' 요가 수업을 4년 동안 들었는데, 4년간 계속해서 한 건 아니고 레슨을 들었다 말았다 한 기간이 총 4년이라는 뜻이다.

이렇게 매튜와 마릴라를 비롯해 린드 부인까지, 이번 장에선 어른들이 정말로 어른들답다. 변할 수 있는 어른, 자랄 수 있는 어른은 참 매력적이다. 무엇보다도 동네 참견꾼으로만 보였던 린드 부인이—실제로는 마음이 따뜻하다는 것은 진작에 드러났지만—의외로 타인들을 배려하고 자신의 방식을 남들에게 강요하지 않는 성숙한 태도를 보여주는 점이 놀랍다. 그런데 이들을 이렇게 만든 것이 어쩌면 앤이 아닐까 하는 생각도 든다. 타인으로 하여금 자기 내부에서 좋은 점을 끌어내게 하는 것도 한 사람이 지닌 재능일 수 있기 때문이다.

26

Too much is worse than too little

지나친 것은 모자라는 것만 못하다

크리스마스 콘서트가 끝난 여파는 쉽게 가시지 않는다. 특히 앤의 경우 일상생활로 돌아오는 게 여간 힘들지 않다. 앤은 다이애나에게 이렇게 토로한다.

"Perhaps after a while I'll get used to it, but I'm afraid concerts spoil people for everyday life. I suppose that is why Marilla disapproves of them. Marilla is such a sensible woman. It must be a great deal better to be sensible; but still, I don't believe I'd really want to be a sensible person, because they are so unromantic."

"시간이 지나면 익숙해지겠지. 하지만 콘서트가 사람들의 일상

생활을 망친 것 같아. 마릴라가 왜 콘서트를 반대하는지 알겠어. 마릴라 아주머니는 정말 분별력이 넘쳐. 분별력을 갖추게 되는 건 물론 좋은 일일 거야. 하지만 나는 내가 정말로 분별력 있는 사람이 되고 싶은 건지 모르겠어. 그건 너무 낭만적이지 않거든."

축제 후 일상을 견디는 것이 힘들어진다는 사실을 알아버린 앤은 분별력 있다는 것이 무엇인지 머리로 이해한다. 하지만 동시에 자신의 성정으로는 구현할 수 없는 자질이 있다는 것도 이제 알게 된다. 이런 태도는 굉장히 중요하다. 세상이 미덕이라고 들이미는 가치들이 좋긴 하겠지만, 내게는 맞지 않을 수도 있다는 사실을 아는 것이 외려 스스로의 성장에 도움이 되기 때문이다.

결국 시간이 지나며 학교는 다시 일상으로 돌아간다. 하지만 콘서트 때의 앙금이 남아서 서로 말도 안 하고 아는 척도 하지 않는 친구들이 생겨난다. 그러는 와중에 앤은 열세 번째 생일을 맞는다. 자라서 어른이 되는 것에 대해 다이애나와 이야기하며, 2년만 더 지나 어른이 되면 거창한 단어들(big words)을 쓴다고 비웃음을 사지 않을 거라며 좋아한다. 다이애나는 몇 년 후 성년이 되면 머리를 올리는 일에 대해 이야기한다. 그러다 둘은 '겨울 숲속 산책'이라는 주제로 작문 숙제를 내야 한다는 데에 생각이 미친다. 이미 작문 숙제를 다 마친 앤과 달리 다이애나는 작문이 쉽지가 않아 걱정이 많다.

앤이 이미 써두었다는 이야기는 '질투 어린 경쟁 혹은 죽음도 갈라놓지 못한 사랑'이라는 제목으로, 친한 친구 사이인 아름다운 두 아가씨가 한 남자를 동시에 사랑하면서 벌어지는 비극을 그리고 있다. 제럴딘이 버트럼의 청혼을 받자 질투를 참을 수 없었던 코딜리어가 제럴딘을 강물 속으로 밀어버리고, 버트럼이 구하려 뛰어들었다가 둘이 같이 익사하는 바람에 결혼식 대신 장례식을 하게 된다는 내용이다.

우리가 보기엔 막장 드라마 같은 이 이야기를 읽고 다이애나는 거듭 감탄하며 어떻게 그런 이야기를 머릿속에서 지어낼 수 있느냐고 묻는다. 그러자 앤은 상상력은 계발하면 된다며(cultivate imagination) 이야기 클럽을 만들어 매주 한 편씩 이야기를 쓰고 서로 읽어주며 공유하기로 한다. 처음에는 앤과 다이애나 둘이 시작했지만, 곧이어 루비 길리스와 제인 앤드루스도 동참하게 된다. 이야기 클럽을 운영하며 앤은 친구들의 글에 대해 이렇게 평한다.

"Ruby Gillis is rather sentimental. She puts too much lovemaking into her stories and you know too much is worse than too little. Jane never puts any because she says it makes her feel so silly when she had to read it out loud. Jane's stories are extremely sensible. Then Diana puts too many murders into hers. She says most of the time she doesn't know what to do with the people so she kills them off to get rid of them."

"루비 길리스는 좀 감상적이에요. 이야기에 사랑 타령을 너무 많이 넣어요. 그런데 아시잖아요, 지나친 건 모자라는 것보다 못하다는 걸요. 제인은 사랑 이야기는 일절 넣지 않아요. 그런 이야기를 넣으면 소리 내어 읽을 때 자신이 멍청이처럼 느껴진대요. 제인의 이야기는 지나치게 이성적이에요. 그리고 다이애나는 자기 이야기에 살인을 너무 많이 넣어요. 다이애나 말로는 사람들을 어떻게 해야 할지 모르겠는 경우에 그 사람들을 없애려고 죽인대요."

이 평을 읽다 보면 좋은 글쓰기란 어떤 것인지 배울 수 있다. 첫 번째 불문율은 그 어떤 것도 지나치게 좇지 말 것. 루비 길리스처럼 감정에 휘말려 좋아하는 부분을 무분별하게 좇다 보면 감상만 덕지덕지한 글이 나올 수 있다. 한편 제인처럼 자의식 과잉이라 글에 드러나는 자신에 대해 걱정하며 내가 남들에게 어떤 모습으로 비칠까 걱정하는 사람은 사실 글 쓰는 일에 맞지 않는 사람이다. 글쓰기란 결국 자신의 속살을 어느 정도 드러냄으로써 타인과의 교감을 꿈꾸는 일이기 때문이다.

그런가 하면 다이애나는 글쓰기에 서투른 사람이 글을 풀어가는 방식을 여실히 보여준다. 창조한 등장인물들을 어떻게 처리할지 모를 때마다 '에라, 모르겠다. 죽이자!' 식의 해결 방법을 찾는데, 이는 등장인물들을 적재적소에 배치하는 구상 능력이 부족하거나 등장인물들 하나하나에 자신을 대입해보는 능력이 아직 부족하기 때문이다. 이야기를 끌고 가다 결론을 지을 즈음 할 수 있는 가장 쉬운 선택이 인물을 결혼시키거나 죽이는 것인 듯하다.

이른바 클리셰의 덫에 빠지는 셈인데, 인생을 이해하는 만큼 글도 나오는 법이라 아직 어린 다이애나는 작은 자신의 세계 밖에 있는 이들을 감당하지 못하는 게 당연할 것이다. 사람을 이해하는 눈이 점차 깊어지면 자신의 세계에 존재함에도 없는 사람들 같았던 이들이 색과 소리를 입고 살아나는 날이 오리라 본다.

글쓰기와 도덕에 대해 이야기하던 앤은 목사님 부부가 어릴 적 악동이었음을 고백한 것이 아직 어린 소년, 소녀들에게는 본인들도 잘 자라 목사님 부부처럼 될 수 있다는 점에서 고무적이라며 "That's how I'd feel, Marilla."(제 생각은 그래요, 마릴라)라고 이야기한다. 그러자 마릴라가 이 문형을 그대로 받아서 쐐기를 박는다.

"The way I feel at present, Anne," said Marilla, "is that it's high time you had those dishes washed."

"앤, 지금 내 생각은 말이다." 마릴라가 말했다. "그 설거지는 진작에 끝냈어야 하지 않니."

'it is high time 주어 + 과거 동사'는 '…할 시간이다'를 더욱 강조해서 '진작에 …했어야 하는데' 정도의 의미가 된다. 앤은 감상과 낭만과 도덕의 세계로 늘 날아다니지만, 마릴라는 매번 앤을 현실로 끌고 내려와 이렇게 쐐기를 박아준다. 앤에게는 정말로 필요한 인생 가이드가 아닐까 싶다.

27

I won't try to imagine it away

다른 모습이라고 상상하지 않을래

겨울이 가고 초록 지붕 집에 봄이 다시 찾아온다. 아직 낯선 봄, 진창이 된 길을 걸어 자선 모임에 다녀오던 마릴라는 집으로 향하며 역시 내 집이 최고라는 기분에 빠져든다. 그러나 앤이 자기 몫의 집안일을 하지 않고 없어진 것을 알고는 곧 화가 난다.

Marilla, as she picked her steps along the damp lane, thought that it was really a satisfaction to know that she was going home to a briskly snapping wood fire and a table nicely spread for tea, instead of to the cold comfort of old Aid meeting evenings before Anne had come to Green Gables.

마릴라는 축축한 길을 따라 걸을 자리를 고르며 발걸음을 재촉

했다. 앤이 초록 지붕 집에 오기 전에는 유서 깊은 자선 모임을 마친 후 차가운 위안만을 느끼는 저녁을 맞다가, 이제는 벽난로에서 장작이 탁탁거리며 타고 테이블에는 마실 차가 정갈하게 준비된 그런 저녁을 맞으러 집으로 돌아간다는 사실에 마릴라는 정말로 흡족했다.

장작이 불에 타면서 내는 '탁탁' 소리를 영어로는 'snapping'한다고 표현한다. 손가락을 튕기는 것도 'snap'이고 장작이 타는 소리도 'snap'이다. 무언가를 갑자기 분질러버리는 소리도 'snap'이라고 하고, 말을 딱딱거리며 쏘아붙이는 것도 'snap'이라고 한다. 각기 다른 뜻 같지만, 잘 생각해보면 이 의미들이 왠지 다 하나로 묶여 잘 통하는 것 같지 않은가? 이런 이미지들을 통합해서 머릿속에 저장하면 더 잘 기억될 뿐 아니라 이후 불러내어 사용할 때에도 단어가 주는 뉘앙스에 맞게 잘 쓸 수 있다.

그렇게 아늑한 저녁을 상상하며 집에 왔는데 벽난로에 불도 꺼져 있고, 테이블에 차도 차려져 있지 않고, 매튜는 일을 하고 돌아와 배가 고픈데도 구석에 앉아 참고 있는 모습을 보면 당연히 화가 날 듯싶다. 린드 부인 등이 앤의 결점에 대해 말할 때면 정작 참을 수가 없어 옹호하는 마릴라였지만, 이날 오후에는 그런 마릴라조차 실망하고 화가 난 나머지 앤에 대한 불평을 길게 쏟아낸다.

그렇게 직접 팔을 걷어붙여 불을 다시 피우고 저녁을 차려 먹은 후 설거지까지 마친 후에도 앤은 돌아오지 않는다. 초를 한 자루 더 가져오려고 위층에 올라갔던 마릴라는 앤이 외출한 게 아니라 자기 침실에서 불을 꺼둔 채 침대에 얼굴을 처박고 있었음을 알게 된다. 놀란 마릴라는 잔 건지, 혹은 어디가 아픈 건지 묻고 앤은 이렇게 대답한다.

"No. But please, Marilla, go away and don't look at me. I'm in the depths of despair and I don't care who gets head in class or writes the best composition or sings in the Sunday-school choir any more. Little things like that are of no importance now because I don't suppose I'll ever be able to go anywhere again."

"아뇨. 하지만 마릴라, 오지 마세요. 절 보지 마세요. 저는 절망의 구렁텅이에 빠져서 이젠 누가 학급에서 일등인지, 누가 최고의 작문을 쓰는지, 누가 주일학교 성가대에서 노래하는지에 신경 쓸 수가 없어요. 그런 사소한 일들은 이제 더 이상 중요하지 않아요. 다시는 어디에도 갈 수 없을 테니까요."

'절망의 구렁텅이' 같은 표현은 앤이니까 입에 담는 수사적인 표현이지, 일반 구어체 대화에서 흔히 사용하는 말은 아니다. 이 인용문에서는 강조를 하기 위해 쓰인 'ever'의 뉘앙스를 짚고 싶다. "절대, 절대, 절대 안 돼!"라고 할 때 영어로 "Never, ever, ever, ever!"라고 한다. 이때 never는 뒤에 오는 ever를 각각 다 부정하기 때문에 절대로 절대로 절대로 안 된다는 뜻이 된다.

"If he ever goes to church, it is to attend a funeral service." 이 문장에서 ever는 "원래 아니지만 행여나, 만에 하나라도 …한다면' 정도의 뉘앙스를 지니기 때문에 '그 사람은 원래 교회에 안 다니는 사람인데, 행여 어쩌다 교회를 간다면, 장례 미사에 참석하기 위해서이다." 정도의 뜻으로 이해할 수 있다. 'ever'의 뉘앙스를 통해 앤이 얼마나 절박하게 자신은 더 이상 외출하지 못한다고 말하는지 느껴지지 않는가.

앤은 빨강 머리를 칠흑같이 검은색(raven black)으로 바꿔준다는 말에 지나가는 행상에게서 염색약을 사 발랐는데, 머리 색이 아주 흉한 녹색으로, 그것도 빨강 머리 가닥이 여기저기 삐죽 나온 그런 이상한 색으로 물들어버렸던 것이다. 앤은 일주일 동안 외출도 못하고 머리만 수없이 감다가 결국 머리를 아주 짧게 자른다. 조시 파이가 '허수아비' 같다고 놀렸지만, 앤은 자신의 과오로 받는 벌이라 생각해서 대꾸하지 않는다.

우리말에서는 '칠흑같이 검은' 이란 표현을 자주 쓰는데, 영어에서는 까만 털 종류를 일컬을 때 까마귀의 검정에 빗대어 'raven black'이라고 말한다. 그 외에 '칠흑같이 깜깜한'이란 뜻의 'pitch black'도 있고, 'ebony black' 즉 흑단이라는 나무의 색에서 따온 검은색 표현도 자주 사용한다. 'obsidian black'은 광물질인 흑요석(obsidian)의 색을 말하는데, 윤기 나며 깊은 검은색을 일컬을 때 쓴다.

앤은 아무리 감아도 녹색을 지울 수가 없어서 결국 머리를 짧게 자른다. 그리고 다시는 거울을 보지 않으리라 맹세했다가 이제 다시 거울을 보며 말한다.

I'll look at myself every time I come to my room and see how ugly I am. And I won't try to imagine it away, either. I never thought I was vain about my hair, of all things, but now I know I was, in spite of its being red, because it was so long and thick and curly. I expect something will happen to my nose next.

"방에 올 때마다 내 모습을 비추어보고 얼마나 내가 보기 흉한지 볼 거야. 다른 모습이라고 상상하지도 않겠어. 다른 어떤 것보다도 머리카락만은 내 허영의 대상이 아니라 생각했는데, 이제 보니 빨강이라는 것만 빼면 내 머리는 길고 풍성하고 구불거렸구나 싶어. 다음번에는 코에 무슨 일이 안 생길까 몰라."

앤은 이제 다시 아름다워지려 애쓰지 않겠다고 맹세한다. 자신이 자신다울 때 가장 아름답다는 것을 10대 소녀는 쓰라린 경험을 하고 나서야 알게 된다. 그리고 이제 앤에겐 자신의 모습을 있는 그대로 마주하고 받아들일 힘이 생긴다. 실로 'hard learned lesson', 힘들게 배운 교훈이지만 머리가 좋고 심성이 곧은 앤은 금세 소화하고 받아들여, 우리가 아는 빨강 머리 앤, 주근깨와 붉은 머리 때문에 더 아름다운 그 모습으로 돌아온다. 앤이 앤다워지는 과정을 그린 장이었다.

28

I don't want ever to hear the word 'romantic' again

'낭만적'이라는 말 다시 듣고 싶지 않아

앤과 다이애나, 제인과 루비는 배리 씨네 연못가에 모여 아서 왕 전설을 그린 앨프리드 테니슨의 시를 읽다가 백합 아가씨(lily maid)라 불리는 아스톨라트의 일레인(Elaine of Astolat: 가상의 도시 아스톨라트의 일레인)의 일화를 연기한다. 죽은 일레인이 조각배에 실려 멀리멀리 멀어지는 시구가 나오자 이들은 이 '낭만적인' 장면을 직접 해보고 싶어진 것이다. 보트에 누워 강을 따라 내려가는 일레인 역을 모두 무섭다고 거절하는 바람에 결국 일레인은 빨강 머리가 아닌데도 앤이 그 역할을 맡게 된다.

그렇게 앤은 일레인이 되어 배리 씨의 오리 사냥용 조각배에 숄을 깔고 누워 강물을 따라 흘러간다. 노도 없이 흘러가다 보면 자연스레 친구들이 먼저 가서 기다리는 하구에 배가 닿을 거라는 계산이었다. 하지만 물이 새는 줄도 모르고 배에 탄 앤은 배와 함께 물에 빠질 위기에 처하게 된다. 앤은 배가 다리 밑을 지나갈 때 교각인 나무 기둥, 얼기설기 엮인 나무 기둥에 얼른 매달려 목숨을 구한다. 그리고 나중에 그 순간을 앨런 목사 부인에게 이렇게 전한다.

"I said a grateful prayer at once and then I gave all my attention to holding on tight, for I knew I should probably have to depend on human aid to get back to dry land."

"저는 즉시 감사의 기도를 했고, 기둥을 꽉 잡고 매달려 있는 일에만 전념했어요. 누군가가 나타나 도와주지 않으면 마른 땅으로 돌아가지 못할 거라는 걸 알고 있었으니까요."

영어로 '기도하다'는 'say a prayer'이다. 이 연어(collocation) 표현을 의외로 모르는 이들이 많다. '기도하다'는 'do a prayer'가 아니라는 점을 주의해야 한다. 우리말의 '하다'를 영어의 'do'로 옮기는 것은 영어에 대한 감각이 부족하기 때문이다. 'say a prayer' 같은 표현을 접하면 'say'를 'prayer'와 함께 쓴다는 사실에 주목하고 무조건 외우려고 노력해야 한다. 이것이 영어를 잘하는 첫걸음이다.

'prayer'가 '기도'라고 수십 번씩 반복해서 외우고 단어 시험을 본 사람들이, 꼭 이 'say'에 해당하는 연어를 몰라 틀린 표현을 하곤 한다. 이런 표현들을 주목해서 보고 암기할 줄 알아야 영어 실력이 는다. 남이 외우라고 리스트를 주지 않아서 몰랐다는 건 제대로 공부할 줄 모른다는 뜻이다. 어휘의 수가 얼마나 많은지 안다면, 남이 리스트로 만들어줄 수 있는 어휘의 비율이 극히 제한적이라는 것도 알아야 한다.

'hold on'은 '무언가를 붙잡다'라는 의미인데 전치사 'on'에는 '접촉'의 뜻이 있으므로 무언가를 계속 쥐고 있다는 뜻이 된다. 목적어를 쓰고 싶으면 'hold onto something'이라고 한다. 'on'과 'to'를 떼어 쓰기도 한다. 마음이 무언가를 붙잡고 매달린다고 할 때에도 'hold on to'를 쓸 수 있다.

앤은 마침 보트를 타고 지나가던 길버트 블라이드의 눈에 띄어 구조된다. 앤을 마른 땅에 내려주며 길버트는 다시 친구가 되지 않겠느냐고 청하지만 앤은 매몰차게 거절한다. 물론 앤의 마음은 그러고도 싶고 그러지 않고도 싶다. 길버트는 화가 나서 가버린다. 길버트가 앤을 구해줬다는 말에 제인 앤드루스는 참으로 '낭만적'이라고 말한다. 그러자 앤은 이렇게 대꾸한다.

"And I don't want ever to hear the word 'romantic' again, Jane Andrews. I'm awfully sorry you were so frightened, girls. It is all my fault. I feel sure I was born under an unlucky star.

Everything I do gets me or my dearest friends into a scrape."

"그리고 그 '낭만적'이라는 말 다시 듣고 싶지 않아, 제인 앤드루스. 너희들이 너무도 무서웠을 걸 생각하니 정말 미안해, 얘들아. 다 내 잘못이야. 나는 불행한 별 아래에서 태어났나 봐. 내가 무슨 일을 하든 나나 내 소중한 친구들이 곤경에 처하게 되는 것 같아."

늘 '낭만' 타령을 하던 앤이 드디어 그 '낭만'이 현실에서 실제 살아 있는 사람과 엮여서 사용되면 어떤 느낌인지를 알게 된다. 앤으로서는 환상과 현실의 간극을 처음으로 절감한 순간이 아닌가 싶다.

'불행한 별 아래 태어나다'는 전형적인 서양의 관용구이자 사고방식이다. 우리나라 사람들이 '팔자가 세다'라고 사주팔자에서 유래한 말을 일상에서 별 뜻 없이 쓰는 것과 같은 맥락이다.

집으로 돌아온 앤은 한바탕 울고 난 뒤에야 안정을 찾는다.

A good cry, indulged in the grateful solitude of the east gable, had soothed her nerves and restored her to her wonted cheerfulness.

동쪽 지붕 방의 감사한 고독에 젖어 실컷 울고 난 뒤 곤두섰던 신경이 진정된 앤은 원래의 명랑함으로 돌아왔다.

여기서 'good'은 '좋은' 혹은 '착한'이라는 뜻이 아니라 '충분한'이란 뜻이다. 'have a good sleep'이 '푹 자다'라는 뜻이고, 'have a good laugh'는 '한바탕 웃다', 'make good money'가 '돈을 꽤 벌다'라는 뜻인데 여기서 'a good cry'에 쓰인 'good'의 용법이 이 표현들과 같다.

앤은 마릴라에게 앞으로는 그러지 않을 거라고 말하며, 자신이 실수를 통해 무엇을 배웠는지 '교훈의 종합판'을 선보인다.

"Well," explained Anne, "I've learned a new and valuable lesson today . Ever since I came to Green Gables I've been making mistakes, and each mistake has helped to cure me of some great shortcoming. The affair of the amethyst brooch cured me of meddling with things that didn't belong to me. The Haunted Wood mistake cured me of letting my imagination run away with me. The liniment cake mistake cured me of carelessness in cooking. Dyeing my hair cured me of vanity. I never think about my hair and nose now—at least, very seldom. And today's mistake is going to cure me of being too romantic. I have come to the conclusion that it is no use trying to be romantic in Avonlea. It was probably easy enough in towered Camelot hundreds of years ago, but romance is not appreciated now. I feel quite sure that you will soon see a great improvement in me in this respect, Marilla."

"저는 오늘 아주 소중한 새 교훈을 배웠어요. 초록 지붕 집에 온 이후로 저는 쭉 실수를 해왔지만 그 실수들은 매번 제 큰 단점들을 고치게 해줬어요. 자수정 브로치 사건으로 저는 제 것이 아닌 물건에 손대지 말아야 한다는 걸 배웠고요, 유령의 숲 사건으로 제멋대로 상상하는 버릇을 고쳤어요. 케이크에 진통제를 넣은 사건으로 요리할 때 부주의한 태도를 고쳤죠. 머리를 물들인 실수로 허영심을 고쳤고요. 이제는 제 머리카락과 코에 대해 절대 생각하지 않아요. 한다 해도 아주 드물게 하죠. 그리고 오늘의 실수는 제가 너무 낭만을 추구하는 걸 고쳐줄 거예요. 애번리에서 낭만을 찾는 게 소용없다는 결론에 도달했어요. 수백 년 전 탑에서 살던 캐멀롯 시절에는 쉬웠을지도 모르겠어요. 하지만 요즘 세상엔 낭만이 그리 어울리지 않아요. 이런 면에서 제가 곧 아주 나아지는 모습을 보시게 될 거예요, 마릴라." 앤이 말했다.

빨강 머리 앤이 상상의 날개를 펼치고 현실에서 붕 뜬 채 미사여구와 문학에서 빌려온 말들을 재잘대는 모습을 좋아하는 사람들도 많다. 문학 속의 아름다운 말들로 자연 혹은 현실과 다른 삶을 그리는 상상력은 앤이 남의 집 더부살이를 하며 겪은 힘든 현실을 버티게 해주는 힘이었다. 그러나 결코 이루어지지 않을 상상만으로 살아간다는 건, 결국 매번 현실로 돌아와 더할 나위 없이 비참해질 수밖에 없다는 뜻이기도 하다.

지나칠 정도로 현실적인 마릴라와 살며 앤은 드디어 현실로 내려오는 법을 배운다. 현실에서 반복적이고 지루하고 재미없는 일들을 하면서 쌓아가고 만들어가야 하는 자신의 모습이 있다는 것을 배운다. 어쩌면 『빨강 머리 앤』은 앤이 정반대 성향인 마릴라를 만나 도피해 있던 환상의 은신처에서 나와 현실을 긍정하며 한 걸음 한 걸음 발을 내딛는 과정을 그린 이야기가 아닌가 싶다.

그리고 지나치리만큼 현실적인 마릴라와 정반대인 앤 사이에서 균형을 잡아주는 매튜가 있다. 낭만에 대해서도 매튜는 이렇게 말한다.

> "Don't give up all your romance, Anne," he whispered shyly, "a little of it is a good thing—not too much, of course—but keep a little of it, Anne, keep a little of it."
>
> "모든 낭만을 포기하지는 말렴, 앤." 매튜가 수줍게 속삭였다. "약간의 낭만은 좋은 거란다. 물론 너무 지나친 건 안 좋지. 하지만 약간은 계속 품고 있으렴, 앤, 약간만 말이지."

평생 낭만 따위 느껴보지 못했을 것 같은 매튜가 누구보다도 낭만의 가치를 잘 알고 있다는 사실이 놀랍다. 모든 걸 직접 해보아야만 그 소중함을 아는 건 아닌 것 같다. 못 해보았기에 소중한 일도 있는 법이고, 그 소중함을 알아가며 늙는 것 또한 의미 있는 일일 것이다.

29

The best of it all was the coming home

그중 최고는 집으로 돌아오는 것

9월이 되었다. 아름다운 애번리의 자연 속에서 소 떼를 몰고 내려오던 앤은 다이애나가 중요한 소식이라도 있는지 길목에서 기다리고 있는 것을 보게 된다. 다름 아닌 다이애나의 조지핀 대고모님이 다이애나와 앤을 샬럿타운으로 초대한 것. 프린스에드워드섬의 주도(capital)인 샬럿타운에서는 마침 박람회가 열리고 있었고, 이미 친구들 몇 명도 박람회에 다녀와 그 얘기들을 하던 참이라 앤도 가고 싶어한다. 마릴라가 과연 허락을 해줄지 전전긍긍하던 차에 배리 부인을 통해 요청이 들어오자 마릴라도 앤을 보내준다.

다이애나의 아빠가 마차로 데려다준 조지핀 대고모의 저택은 과연 으리으리하다. 이 저택을 보고 앤은 이렇게 이야기한다.

"Velvet carpet," sighed Anne luxuriously, "and silk curtains! I've dreamed of such things, Diana. But do you know I don't believe I feel very comfortable with them after all. There are so many things in this room and all so splendid that there is no scope for imagination. That is one consolation when you are poor—there are so many more things you can imagine about."

"벨벳 카펫이야." 앤이 호사스럽게 한숨을 쉬었다. "그리고 실크 커튼이고! 다이애나, 난 이런 것들을 꿈꿔오기는 했는데, 이런 것들이 편할 것 같지는 않아. 이 방 안에 너무 많은 것들이 있고 다 너무 멋진데 상상의 여지가 전혀 없어. 가난할 때 위로가 되는 점은 그거야. 상상할 거리가 훨씬 더 많아진다는 거."

상상의 여지를 남길 만큼 비어 있다는 것은 중요하다. 사실 많은 것들이 꽉 들어찬 집에서 사는 이가 상상의 여지를 느끼기란 힘들 것 같다. 가득 차게 충만하면서도 동시에 늘 비어 있어서 자리를 내주는 공간은 자연밖에 없는데, 애번리의 자연에 흠뻑 빠져 살며 그 아름다움을 느낄 줄 아는 앤은 이 사실을 알고 있는 것 같다.

앞의 인용문에서는 'many more'라는 표현이 재미있는데, 이 표현은 비교급 수식의 'much more' 용법이 아니다. '하나 더'가 'one more', '두 개 더'가 'two more'이듯 '많이 더'라는 의미로

'many more'라는 표현이 사용되었다.

조지핀 대고모는 전에 약속한 대로 다이애나와 앤을 손님방에 재워준다. 어릴 때 그리도 자고 싶어했던 '객실', 그것도 너무나 으리으리한 저택의 '객실'에. 앤은 나중에 마릴라에게 이렇게 이야기한다.

"Miss Barry put us in the spare room, according to promise. It was an elegant room, Marilla, but somehow sleeping in a spare room isn't what I used to think it was. That's the worst of growing up, and I'm beginning to realize it. The things you wanted so much when you were a child don't seem half so wonderful to you when you get them."

"조지핀 대고모님은 우리를 약속대로 객실에 재워주셨어요. 우아한 방이었어요, 마릴라. 그런데 객실에서 자는 건 제가 옛날에 생각했던 것과 달랐어요. 그게 어른이 된다는 것의 가장 안 좋은 점 같아요. 이제는 조금씩 알 것 같아요. 어릴 때 너무나 원했던 것들도 정작 얻고 나면 반만큼도 멋지지 않다는 걸요."

'what I used to think it was'라는 부분에서 'I used to think'를 일단 빼고 보면 'what it was'가 남는다. 과거의 'it'의 모습, 과거에 …였던 것이라고 이해하면 된다. 여기에 'I think' 부분이 삽

입되었다고 보면 되는데, 이 부분이 'used to think'라서 과거에는 그렇게 생각했으나 더 이상은 그렇게 생각하지 않는다는 의미가 더해진다. '(지금은 그렇게 생각하지 않으나) 과거에 생각했던 모습' 정도로 이해하면 좋을 것이다.

'growing up'(어른이 되는 것)의 단점을 아직도 자라는 중인 소녀가 말하는 게 좀 재미있기는 하다. 자라면서 세상을 바라보는 관점이 달라진다는 것, 대상이 변한 것이 아니라 자신이 변해서 세상도 달라진다는 것을 자라고 있는 와중에 깨닫는 이는 사실 많지 않은 것 같다. 그러나 자신은 계속 단점을 고쳐서 나아질 거라고 말하는 앤이니 이런 조숙한 깨달음이 당연한지도 모르겠다.

가끔은 더 나은 사람이 되어야 한다는 앤의 반복적인 다짐이 조금 슬프게 느껴지기도 한다. 역시나 고아여서 하는 말일까 싶기 때문이다. 우리는 보통 부모님들의 사랑에 버릇이 없어져서인지, 모호하게 더 나은 사람이 되어야겠다는 생각은 하지만, 앤처럼 하나하나 늘 새기면서 이거, 이거, 이거에서 나는 더 나은 사람이 되었다고 꼽아보지는 않기 때문이다. 이건 어쩌면 언어 영역이 발달한 아이의 과잉 자의식일지도 모른다. 과잉 자의식은 사람을 빨리 성숙하게 한다는 장점도 있지만, 스스로에게 너무 엄격해질 때에는 자신을 옥죄는 족쇄가 될 수도 있다.

박람회에 출품된 여러 작품들도 보고, 유명한 공연들도 보고, 밤 11시에 멋진 식당에서 아이스크림도 먹어보는 등, 다이애나와 앤은 너무도 값진 경험을 하고 돌아온다. 자신은 도시에서 사는 게 맞는 것 같다는 다이애나의 말에 앤은 자신은 도시 타입이 아니라고 결론을 내린다.

"And I came to the conclusion, Marilla, that I wasn't born for city life and that I was glad of it. It's nice to be eating ice cream at brilliant restaurants at eleven o'clock at night once in a while; but as a regular thing I'd rather be in the east gable at eleven, sound asleep, but kind of knowing even in my sleep that the stars were shining outside and that the wind was blowing in the firs across the brook."

"그렇게 결론내렸어요, 마릴라. 저는 도시에서 사는 게 맞지 않다고요. 그리고 그래서 기쁘다고요. 이따금 밤 11시에 멋진 식당에서 아이스크림을 먹는 건 좋아요. 하지만 매일 반복하는 일이라면 저는 밤 11시에 동쪽 지붕 방에서 깊이 잠들어 있는 게 더 좋아요. 여기서는 잠자는 중에도 밖에 별들이 빛나고 개울 건너 전나무들 사이로 바람이 부는 걸 알 수 있으니까요."

화려하고 자극적인 것은 이따금 접하는 게 좋고, 언제나 접하는 것은 별과 바람을 듬뿍 누릴 수 있는 시골의 애번리였으면 좋겠다는 앤의 말은, 도시와 시골의 비교라기보다 자극적이고 새로운 것보다는 친숙하고 단순한 것에 아름다움이 있다는 뜻일 것 같다. 단순하고 소박한 것에서 아름다움을 찾을 수 있는 힘이 있다면 사실 어디에서든 아름다움을 찾을 수 있을 것이다. 아름다운 자연을 매일매일 수십 년간 본다면 그래도 여전히 아름다울까. 만약 그래도 여전히 아름다움을 찾을 수 있다면 그 아름다움을 보는 눈이야말로 소중한 것이 아닐까 싶다.

'sound asleep'은 '깊이 잠든'이란 뜻인데 'fast asleep'이라고도 쓴다. 이때 'sound'와 'fast'는 '건강한'이나 '빠른'이라는 뜻으로 쓰인 것이 아니다. 비슷한 표현으로 'sound and safe'도 있는데, 이 역시 '아주 안전한'이라는 뜻이지 '건강하고 안전한'이라는 뜻이 아니다.

다이애나와 앤이 애번리로 돌아가자 조지핀 대고모는 홀로 큰 저택에 남아 이렇게 중얼거린다.

"I thought Marilla Cuthbert was an old fool when I heard she'd adopted a girl out of an orphan asylum," she said to herself, "but I guess she didn't make much of a mistake after all. If I'd a child like Anne in the house all the time I'd be a better and happier woman."

"마릴라 커스버트가 고아원에서 여자애를 입양했다는 말을 들었을 때는 나이 들어 멍청한 짓을 한다 생각했었지. 그런데 지나고 보니 실수가 아니었군그래. 내 집에도 앤 같은 애가 내내 함께 있다면 내가 더 나은 여자, 더 행복한 여자가 될 것 같아." 그녀는 이렇게 혼잣말했다.

앞의 문장에서 'make much of'는 '…를 중시하다'라는 숙어가 아니라 'make a mistake'(실수하다)라는 뜻으로 사용됐으며, 'mistake'에 수식어구가 붙어서 'much of a mistake', 즉 '크다고 할 수 있는 실수'라는 뜻으로 쓰였다. 'much'는 주로 부정문(의문문, 조건문)에 쓰이므로, 부정의 'not'과 함께 '별 실수를 한 게 아니다'라는 의미가 된다. 가정법은 각각 'If I had a child …'이고, 'I would be …'가 축약된 꼴이다.

어른이 아이를 키우며 아이를 변화시키는 것뿐만 아니라, 아이가 있어서 어른도 바뀐다는 것을 조지핀 대고모도 이제 알게 된 것 같다. 사실 『빨강 머리 앤』은 앤이 성장하는 이야기이기도 하지만 마릴라와 매튜가 달라지는 이야기이기도 하다.

집으로 돌아오니 마릴라가 따뜻한 저녁을 준비해놓고 기다리고 있다. 앤은 마릴라와 매튜에게 박람회 구경을 하고 조지핀 대고모님의 저택에서 묵은 얘기를 다 들려준 후 이렇게 마무리한다.

"I've had a splendid time," she concluded happily, "and I feel that it marks an epoch in my life. But the best of it all was the coming home."

"정말 멋진 시간을 보냈어요." 앤이 행복하게 말을 맺었다. "이번 방문은 제 삶의 신기원을 이루는 일이었어요. 하지만 그중 가장 좋은 일은 집으로 돌아온 거였어요."

'epoch'는 일상적으로 쓰이는 표현은 아니고, 그냥 앤이니까 쓰는 (어디 책에서나 쓰일 만한) 말이다. 자기 인생에서 가장 멋진 경험을 했다는 뜻이지만, 현대 영어에서는 이런 문어체 표현을 잘 쓰지 않는다.

집으로 돌아온 것이 가장 좋았다는 앤의 말은 클리셰이기는 하지만 의미심장하다. 멀리멀리 여행을 떠나봐야 파랑새가 우리 집 처마 밑에 있다는 것을 알게 되는 것처럼, 지금 여기 이곳이 얼마나 소중한지 알려면 저기로 갔다 와야 하는 역설이 우리 삶에는 있다. 일상에서는 '여기와 지금'의 빛이 바래 보일지 모르지만, 화려하게 번쩍거리는 '저기'의 불빛도 매일 경험하면 싫증 나는 광채일 뿐이다. 낡고 해지고 소박해도 '여기'는 소중하다. 결국 우리가 '저기'에 가보는 이유는 '여기'의 소중함을 알기 위해서일지도 모른다.

30

When I put on longer skirts I have to live up to them

긴치마를 입게 되면 긴치마에 걸맞게 살아야 해

11월이 되었다. 마릴라와 앤은 초록 지붕 집의 따뜻한 난롯가에 앉아 있다. 앤은 양탄자에 책상다리를 하고 앉아 책을 읽다가 창밖을 바라보며 공상에 잠겨 있다. 그런 앤을 마릴라가 바라본다.

Marilla looked at her with a tenderness that would never have been suffered to reveal itself in any clearer light than that soft mingling of fireshine and shadow. The lesson of a love that should display itself easily in spoken word and open look was one Marilla could never learn. But she had learned to love this slim, gray-eyed girl with an affection all the deeper and stronger from its very undemonstrativeness.

마릴라는 다정한 눈으로 앤을 바라보았다. 난로의 불빛과 일렁이는 그림자가 부드럽게 어우러진 빛보다 더 밝은 빛 속에서라면 절대 내비치지 않았을 다정함이었다. 사랑은 말과 표정으로 드러나게 표현해야 한다는 교훈을 마릴라는 결코 배우지 못했다. 하지만 마릴라는 비록 표현하진 못해도 이 가냘픈 잿빛 눈의 소녀를 그 무엇보다도 깊이 그리고 많이 사랑하는 법을 배웠다.

여기서 'display itself'는 재귀대명사를 목적어로 취해서 내보이는 것이 아니라 그냥 저절로 내비쳐서 보이게 된다는 뜻이다. 자기 속내를 표현하지 않는 혹은 못하는 사람이 누군가를 사랑할 때 어떻게 사랑하는지 잘 보여주는 구절이다. 표현하지 않는 사랑은 사랑이 아니라며 사랑을 갈구하는 우리지만 사실 알지 않는가. 가만히 그리고 오래 지켜보면 반드시 드러나는 사랑이라는 게 있다는 것을. 가만한 사랑, 찬찬히 배어드는 사랑의 깊이와 힘을 알고 싶다면 마릴라를 보라고 말하고 싶다.

마침내 마릴라가 오후에 스테이시 선생님이 왔다 갔다고 말문을 연다. 마릴라가 할 말이 있다는데도 앤은 예의 터져나오는 말문을 막지 못해 혼자 계속 떠들며 오후에 다이애나와 했던 말을 쭉 늘어놓는다. 미래에 대해 얘기했다면서 결혼을 할지 안 할지에 대해 둘이 나눈 이야기를 전해준다.

"Diana and I are thinking seriously of promising each other that we will never marry but be nice old maids and live together forever. Diana hasn't quite made up her mind though, because she thinks perhaps it would be nobler to marry some wild, dashing, wicked young man and reform him."

"다이애나와 저는 절대 결혼하지 않고 함께 멋진 노처녀로 살자고 서로 약속하는 걸 진지하게 생각 중이에요. 그런데 다이애나가 아직 마음을 먹지 못했어요. 다이애나는 거칠고 무모하고 나쁜 남자와 결혼해서 그 남자를 바꾸는 것도 고귀한 일이라고 생각하거든요."

'나쁜 남자'에 대한 환상과 그 나쁜 남자를 구원하는 여성에 대한 환상은 백여 년 전에도 있었나 보다. 남자를 바꾼다는 표현에 'reform' 동사를 썼는데, 이건 종교적인 어휘라서 현대 영어에서 사람을 변화시킨다고 할 때에는 더 이상 쓰지 않는다. 'nice old maid'에서 'maid'라는 단어도 현대에는 더 이상 젊은 아가씨를 가리키는 말로 쓰지 않는다.

다이애나와 나눈 말과 미래에 대한 희망을 줄줄 이야기하던 앤이 "아, 그런데 오후에 스테이시 선생님이 왔다 갔다고 했나요?"라고 말하자 그제야 마릴라가 입을 연다.

"That is what I want to tell you, Anne, if you'll ever give me a chance to get a word in edgewise. She was talking about you."

"내가 말하고 싶은 게 그거란다, 앤, 당최 내가 끼어들 틈을 줘야 말이지. 선생님이 네 얘기를 하시더라."

'get a word in edgewise'는 '말참견하다, 말하는 데 끼어들다'라는 뜻으로 'get a word in edgeway'라고도 한다. 직역하자면 '말 한마디를 가장자리로 얻다'라고 할 수 있는데, 누군가가 이야기를 쏟아내는 곳 가장자리에서 스윽 치고 들어와 한마디 던지는 모습이 그려지지 않는가?

스테이시 선생님이 앤 이야기를 했다고 하자, 도둑이 제 발 저린다고 앤은 역사 시간에 『벤허』를 읽다가 걸린 이야기를 지레 털어놓는다.

"I was reading it at dinner hour, and I had just got to the chariot race when school went in. I was simply wild to know how it turned out— although I felt sure Ben Hur must win, because it wouldn't be poetical justice if he didn't—so I spread the history open on my desk lid and then tucked Ben Hur between the desk and my knee."

"점심시간에 그 책을 읽고 있었어요. 수업이 다시 시작되었을 때

막 전차 경주 장면을 읽고 있었거든요. 그냥 경주 결과가 너무 궁금했어요. 물론 벤허가 이길 거라는 건 알고 있었지만요. 이기지 못한다면 그건 권선징악이 되지 못할 테니까요. 그래서 역사책을 책상 위에 펼쳐놓고 『벤허』를 책상과 제 무릎 사이에 두었어요."

'dinner'는 과거에 점심이라는 뜻으로 쓰였다고 이미 앞에서도 말한 바 있다. 점심시간에 읽던 책을 오후 수업 시간에도 몰래 이어 읽다가 걸린 건데, 여기서 주목해야 할 표현은 'turn out'이다. '(주어가) 진행되어서 결과로 어떻게 되다'라는 의미로 쓰인다. 앤은 전차 경주가 'how it turned out', 결국 어떻게 되는지 궁금했다고 말하고 있다. 'The girl I picked up at a club yesterday turned out to be my teacher's niece.'(어제 클럽에서 만난 여자애가 알고 봤더니 우리 선생님 조카더라)라는 식으로 'turn out to be'는 '(나중에 보니, 알고 보니, 결국에는) …더라'는 의미로 사용되며, 'pick up'은 남녀 사이에서 상대를 '유혹해 만나다' 정도의 의미로 쓰인다.

마릴라는 아직도 본론을 얘기하지 못했고 앤의 이야기는 쭉 이어진다. 어떤 책을 읽는지에 대한 이야기로 넘어간 앤은 이제는 아무 책이나 읽지 않겠다고 스테이시 선생님과 약속했다며 이렇게 말한다.

"But my love for Miss Stacy stood the test and I did. It's really wonderful, Marilla, what you can do when you're truly anxious to please a certain person."

"하지만 스테이시 선생님에 대한 제 사랑으로 시험을 견뎠고 이겨냈어요, 마릴라. 누군가를 기쁘게 해주기 위해 어떤 일을 할 수 있는지 알면 참 놀랍지 않나요."

'stand a test'라는 표현은 원래 'stand the test of time'(시간의 시험을 거치다)이라는 말에서 왔다. '오랜 시간 동안 무언가를 견디고 버텨내다'라는 뜻이다. 여기서 'test'는 학교에서 보는 그런 시험이 아니라 기독교에서 '시험에 든다'라고 할 때의 그 시험, 즉 난관이나 유혹 등을 가리킨다. 앤은 흥미를 자극하는 질 낮은 소설들을 읽지 않겠노라 스테이시 선생님과 약속했고, 그 유혹을 견뎌서 이겨냈다는 뜻으로 이 단어를 쓰고 있다.

스테이시 선생님이 앤을 퀸스아카데미 입시 준비반에 넣자는 말을 하려고 왔었다는 이야기를, 마릴라는 앤의 말이 모두 끝나고서야 간신히 할 수 있었다.

마침내 애번리 학교에 퀸스아카데미 입시 준비반이 만들어진다. 제인 앤드루스, 루비 길리스, 무디 스퍼전, 찰리 슬론, 길버트 블라이드와 앤이 입시반에 합류한다. 다이애나는 부모님이 진학을 반대해서 입시반에 들지 못한다. 매일 등하교를 같이했던 앤과 다이애나는 이제 하굣길을 같이할 수 없다. 입시 준비반은 방과 후 따로 모여 추가 수업을 듣기 때문이다.

자신을 남겨두고 하교하는 다이애나를 보며 앤은 슬퍼하지만, 곧 입시 준비반 수업에 몰두하게 된다. 몇 달이고 공부에만 매달린 시간들이 지나가고 어느덧 여름방학이 된다. 앤은 책을 싸 들고 집에 와서 가방에 넣어 침대 밑에 밀어두고는 이렇게 말한다.

"But I want to have a real good jolly time this summer, for maybe it's the last summer I'll be a little girl. Mrs. Lynde says that if I keep stretching out next year as I've done this I'll have to put on longer skirts. She says I'm all running to legs and eyes. And when I put on longer skirts I shall feel that I have to live up to them and be very dignified."

"하지만 전 이번 여름은 정말로 즐겁게 보내고 싶어요. 아마도 어린 소녀로 보내는 마지막 여름이 될 테니까요. 린드 부인 말로는 제가 올해처럼 내년에도 계속 쑥쑥 자라면 긴 스커트를 입어야 할 거래요. 부인 말로는 제 다리와 눈만 보인대요. 그리고 긴치마를 입게 되면 긴치마에 걸맞게 살아야 할 것 같아요. 아주 점잖게요."

'live up to'라는 표현에서 'up to'는 '…까지, …에 미치게'라는 의미를 갖고 있다. 나는 'live up to one's words'라는 표현을 참

좋아하는데, 말에 미치도록, 그러니까 말한 바만큼 도달하도록 산다는 뜻이다. 말한 바를 행동으로 살아 보이려고 할 때를 가리키는 정말로 좋은 표현이 아닐 수 없다.

여기서 앤은 긴치마에 'live up to' 한다고 말하고 있다. 더 이상 짧은 치마를 입고 자유롭게 뛰어다니던 어린이가 아니니 긴 치마를 입게 되면 그에 걸맞게 행동하게 될 거라는 뜻이다. 옷이 달라진다고 사람이 갑자기 성장하는 건 아니지만, 어른의 옷을 입으면서 자신이 자랐다는 걸 받아들이는 마음이 생기면 더욱 성장하는 것 또한 맞는 듯하다. 앤은 자신이 자라는 정도를 가늠하여 그에 맞춰 변하기로 결심하고, 또 정말로 변화하는 모습을 계속 보여준다. 실로 자신을 믿는 만큼 자라는 소녀가 아닐 수 없다.

31

Keep dear, pretty thoughts in one's heart

소중하고 예쁜 생각들을 마음속에 보물처럼 담다

앤은 정말 여름을 한껏 즐긴다. 앤을 본 의사가 밖에서 많이 놀게 하라는 말을 한 후 마릴라도 앤이 자유롭게 나가 놀 수 있게 해준다. 앤은 마릴라에게 이제 다시 공부할 준비가 되었노라고 말하다가 앨런 목사가 주일예배 중 인용한 구절을 언급하고, 이내 앨런 목사의 설교로 화제를 이어간다.

"Doesn't Mr. Allan preach magnificent sermons? Mrs. Lynde says he is improving every day and the first thing we know some city church will gobble him up and then we'll be left and have to turn to and break in another green preacher."

"앨런 목사님의 설교는 참 멋지지 않나요? 린드 부인 말로는 매일 좋아지고 있대요. 하지만 그러다가 도시의 교회가 목사님을 데려가버리면 우리만 남겨져서 또 애송이 설교자를 바라보며 길들여야 한대요."

한국어로도 애송이를 새파랗다고 표현하는데, 이 구절을 보면 영어로도 'green'이라고 말하는 걸 볼 수 있어서 흥미롭다. 주목해야 할 표현은 'break in'이다. '길들이다'라는 뜻인데, 이 말은 그 자체로 아주 재미있다. 원래 'break'가 '부수다'라는 뜻 아닌가. 새 신발을 길들일 때에 뻣뻣한 부분을 'break'해서 맞게 'in' 한다는 의미로 '길들이다'를 상상하면 이 의미가 잘 와 닿는다.

사람을 길들일 때에도 이 표현을 쓴다. 신병을 길들인다든가 여기서처럼 애송이 목사를 길들인다고 할 때도 'break in'이 쓰인다. 「말괄량이 길들이기」라는 셰익스피어의 희곡 제목을 알고 있는 사람은 그 원제가 「Taming the Shrew」라서 '길들이다'는 'tame'이 아니냐고 생각할 수 있는데, 셰익스피어의 영어는 16세기 영어이다. 요즘은 동물을 길들여 가축을 만든다는 의미일 때에 주로 'tame'을 쓴다.

앤은 여자는 왜 목회자가 될 수 없느냐는 말을 하다가, 린드 부인이라면 목회자가 되고도 남을 테지만 이상하게도 린드 부인이 잔소리를 하면 오히려 하기 싫어지는 마음이 드니 자신은 여전히 나쁜 아이인가 싶다고 말한다. 그러자 마릴라는 웃으면서 린드 부인의 잔소리는 자신에게도 그런 효과를 자아낸다고 말한다. 앤은 다행이라면서 이렇게 말한다.

"It's so encouraging. I shan't worry so much over that after this. But I dare say there'll be other things to worry me. They keep coming up new all the time—things to perplex you, you know. You settle one question and there's another right after. There are so many things to be thought over and decided when you're beginning to grow up. It keeps me busy all the time thinking them over and deciding what is right. It's a serious thing to grow up, isn't it, Marilla? But when I have such good friends as you and Matthew and Mrs. Allan and Miss Stacy I ought to grow up successfully, and I'm sure it will be my own fault if I don't. I feel it's a great responsibility because I have only the one chance. If I don't grow up right I can't go back and begin over again."

"그 말을 들으니 기운이 나네요. 이제는 그 문제에 대해 걱정하지 않을게요. 하지만 다른 걱정거리들이 생길 것 같아요. 보면 늘 새로운 걱정거리들이 생겨나더라고요. 마릴라를 곤혹스럽게 만들 그런 일들요. 문제 하나를 해결했다 싶으면 다른 문제가 또 생기는 거예요. 커갈수록 잘 생각해서 결정해야 하는 일들이 너무 많아져요. 그 때문에 뭐가 옳은 일인지 곰곰이 생각하고 결정하느라 늘 분주하다니까요. 어른이 된다는 건 정말 심각한 일인가 봐요, 안 그래요 마릴라? 하지만 마릴라와 매튜, 앨런 부인, 스테이시 선생님과 같은 너무도 멋진 친구들이 있으니 저는 정말 잘 자라야만 해요. 제가 잘 자라지 못하면 그건 전적으로 제 잘못일 거예요. 잘 자랄 기회는 오직 한 번밖에 없으니 엄청난 책임감을 느껴요. 만일 제가 제대로 자라지 못한다 해도 다시 돌아가서 새로 시작할 수는 없으니까요."

여기서 'one'과 'another'는 정해지지 않은 것들 중 무작위로 하나 그리고 또 하나를 언급할 때 쓰는 표현이다. 의외로 우리나라 사람들은 이 부정대명사들을 잘 사용하지 못한다. 본문에서 'another' 다음에 'question'이 생략되어 있다는 걸 파악하는 것도 중요하다. (반복에 의한 생략은 'ellipsis'라고 하는데, 새롭게 나오는 영문법들, 그러니까 문법을 어휘에 동반되는 '현상'으로 보는 문법책들에서는 이 'ellipsis'들을 별도로 다룬다.)

또 하나, 앞에서도 계속 나왔지만 'Miss Stacy'는 스테이시 양이라고 해석하지 않는다. 이건 영어권에서 선생님을 부르는 호칭으로 해석해야 한다. 영어권에서는 'teacher'를 'teacher'라고 부르지 않는다. 'teacher'는 직업명이지 호칭(addressing form)이 아니기 때문이다. 우리나라에서 원어민 강사들이 고민하는 호칭이

기도 하다. 학생들이 자꾸 자신들을 'Teacher!'라고 부르는데 고쳐주어야 할까 말아야 할까를 두고 토론하는 걸 몇 번이나 보았다. 한국 문화이니 그대로 두자는 의견과 반드시 'Mr. 누구', 'Ms. 누구'로 고쳐주어야 한다는 의견으로 갈리곤 한다. 우리가 알아두어야 할 것은 영미권에서는 교사를 'Mr. Smith', 'Ms. Smith'와 같이 부른다는 점이다. 그런데 재미있게도 'professor'는 직업명인 동시에 호칭이기도 하다.

Betweentimes Anne grew, shooting up so rapidly that Marilla was astonished one day, when they were standing side by side, to find the girl was taller than herself.

그러는 사이 앤은 자랐다. 너무 빨리 쑥쑥 자라서 어느 날 마릴라는 앤과 나란히 섰다가 앤이 자기보다 키가 크다는 것을 알고 놀랐다.

아이들이 쑥쑥 크는 것을 영어로는 'shoot up'한다고 한다. '쏘다'라는 뜻의 동사인 'shoot'에서 나온 표현이 맞다.

"Why, Anne, how you've grown!" she said, almost unbelievingly. A sigh followed on the words. Marilla felt a queer regret over Anne's inches. The child she had learned to love had vanished somehow and here was this tall, serious-eyed girl of fifteen, with the thoughtful brows and the proudly poised little head, in her place. Marilla loved the girl as much as she had loved the child, but she was conscious of a queer sorrowful sense of loss.

"아니, 앤, 어쩌면 이렇게 많이 컸니!" 마릴라가 거의 믿을 수 없다는 듯이 말했다. 이어서 한숨을 내쉬었다. 마릴라는 앤이 몇 인치나 자란 것을 보니 이상한 서운함이 느껴졌다. 마릴라에게 사랑을 가르쳐준 아이는 어느덧 사라지고, 이제 키 크고 진지한 눈동자의 열다섯 살 소녀가 사려 깊은 이마를 드리운 채 작은 머리를 당당하게 들고 서 있었다. 마릴라는 옛날의 그 아이를 사랑했던 것만큼 이 소녀도 사랑했다. 하지만 알 수 없는 슬픔과 상실감이 느껴지는 건 어쩔 도리가 없었다.

영어에서 특이한 표현 중 하나가 이마에 감정을 부여하는 표현인데, 여기서도 'thoughtful brow'라고 말하고 있다. 셰익스피어의 「헛소동(Much Adi About Nothing)」 속 등장인물인 베네딕트도 "Speak you this with a sad brow?"(그대는 슬픈 이마로 말하는가?)라고 말하고, 윌리엄 워즈워스가 쓴 글에도 "wear a cheerful brow"(명랑한 이마를 하다)라는 표현이 나온다. 눈썹과 그 위 언저리에 맺히는 감정을 묘사할 때 주로 이런 표현들이 쓰인다. 'brow'

가 눈썹(eyebrow)의 뜻으로 쓰일 때에는 눈썹은 두 개이므로 복수형으로 'brows'라고 한다.

앤이 이제 퀸스아카데미에 진학하면 집을 떠나야 한다고 생각하니 마릴라는 더 슬퍼져서 결국 혼자 앉아 울다가 그 모습을 매튜에게 들키고 만다. 매튜는 주말마다 앤이 올 테니 슬퍼하지 말라고 달래지만, 그래도 이전과 같을 수 없다고 많이 슬퍼한다. 앤은 겉모습만 바뀐 것이 아니다. 말수도 눈에 띄게 줄었다. 마릴라가 이 변화도 알아채고 무슨 일이라도 있는 거냐고 묻자 앤은 이렇게 말한다.

"I don't know—I don't want to talk as much," she said, denting her chin thoughtfully with her forefinger. "It's nicer to think dear, pretty thoughts and keep them in one's heart, like treasures. I don't like to have them laughed at or wondered over. And somehow I don't want to use big words any more. It's almost a pity, isn't it, now that I'm really growing big enough to say them if I did want to. It's fun to be almost grown up in some ways, but it's not the kind of fun I expected, Marilla. There's so much to learn and do and think that there isn't time for big words. Besides, Miss Stacy says the short ones are much stronger and better. She makes us write all our essays as simply as possible. It was hard at first. I was so used to crowding in all the fine big words I could think of—and I thought of any number of them. But I've got used to it now and I see it's so much better."

"모르겠어요. 이전만큼 많이 말하고 싶지가 않아요." 앤은 생각에 잠겨 집게손가락으로 턱을 누르며 답했다. "소중하고 예쁜 생각들을 마음속에 보물처럼 담아두는 것이 더 좋은 것 같아요. 그런 생각을 말했다가 사람들이 비웃거나 갸웃거리는 게 싫어요. 그리고 어쩐 일인지 이제는 거창한 단어들을 쓰고 싶지도 않고요. 얄궂기도 하죠? 이제는 그런 말을 하고 싶으면 해도 될 만큼 컸는데 더 이상 쓰고 싶지 않다니요. 여러 가지 면에서 어른이 된다는 건 재미있는 것 같아요. 하지만 제가 기대하던 그런 재미는 아니에요, 마릴라. 배우고 생각하고 해야 할 게 너무 많아서 거창한 단어를 쓸 시간이 없어요. 게다가 스테이시 선생님은 짧은 단어들이 훨씬 강력하고 효과적이라고 하셨어요. 우리에게 가능한 한 간결하게 글을 쓰도록 시키시거든요. 처음에는 힘들었어요. 저는 생각할 수 있는 멋지고 거창한 단어들을 그저 생각나는 대로 죄다 몰아 쓰곤 했잖아요. 하지만 이제는 간결한 표현에 익숙해졌고, 이게 훨씬 나아 보여요."

말수가 적어진 앤이라니, 낯설다. 그런데 이제는 앤도 말을 쏟아붓거나 자기 생각을 다 말하지 않아도 세상과 연결되어 있음을 느껴서 아는 것 같다. 그러면 사람은 말수가 적어진다. 모든 것이 말로 표현될 수는 없다는 것, 말하지 않고 남겨두어도 전해지는 것이 있다는 것을 알면 더더욱 말수가 적어지는지도 모르겠다. 특히 앤은 두 사람의 양육자, 매튜와 마릴라를 통해 말수가 적어도 사랑은 전해진다는 것을 알게 되지 않았는가. 소중하고 예쁜 것을 마음에 보물처럼 담아둘 줄 알게 된 앤. 우리에게 익숙한 앤의 모습과는 달라도, 달라진 그 모습 또한 매력적이다.

32

That moment was worth living for

살 만한 가치가 있는 순간

학기가 끝나고 임기를 마친 스테이시 선생님도 학교를 떠난다. 다이애나와 앤은 울면서 집으로 돌아온다. 다음 학기부터 앤은 입학시험에 붙으면 퀸스아카데미로 가게 되고 다이애나는 애번리 학교를 계속 다니게 된다. 앤은 입학시험에 떨어질 것 같다는 두려움을 토로한다. 하필 수험 번호도 13이라 더 불안해한다. 앤은 샬럿타운의 조지핀 대고모 집에 묵으며 시험을 보게 되고, 다이애나에게 꼭 편지를 하겠노라 약속한다.

월요일이 되자 앤은 샬럿타운으로 가고, 다이애나는 수요일에 앤의 편지를 받는다. 앤은 애번리 친구들과 스테이시 선생님의 격려를 받으며 첫 시험을 치른다. 앤은 시험지를 받아들었을 때의 심정을 이렇게 적고 있다.

"My hands grew cold then and my head fairly whirled around as I picked it up. Just one awful moment—Diana, I felt exactly as I did four years ago when I asked Marilla if I might stay at Green Gables—and then everything cleared up in my mind and my heart began beating again."

"시험지를 집어들자 손이 차가워졌고 머리가 빙빙 도는 것 같았어. 끔찍한 순간이었어, 다이애나. 4년 전 마릴라에게 초록 지붕 집에 있어도 되겠느냐고 물었을 때 꼭 이런 기분이었거든. 그러고 나서는 머릿속이 맑아지더니 다시 심장이 뛰기 시작했어."

'whirl'은 물이나 바람이 소용돌이를 만들며 도는 걸 가리킨다. 머릿속이 그렇게 빙빙 돈다고 상상하면 된다. 앤이 4년 전 처음 입양되던 순간 이야기를 꺼낸 건 이때가 처음이다. 아마 퀸스아카데미 입학시험이 일생일대의 긴장을 느낀 순간이라 그런 것 같다. 앤은 다른 친구들이 얼마나 긴장하고 있는지 쓰고 아직 남은 기하학 시험을 걱정하며 편지를 맺는다.

"Oh, Diana, if only the geometry examination were over! But there, as Mrs. Lynde would say, the sun will go on rising and setting whether I fail in geometry or not. That is true but not especially comforting. I think I'd rather it didn't go on if I failed!"

"아, 다이애나, 기하학 시험만 끝나면 얼마나 좋을까. 하지만 린드 부인이 그러신 것처럼 내가 기하학 시험에 떨어지건 붙건 태양은 계속 뜨고 질 거야. 맞는 말이기는 한데 별로 위안은 안 돼. 내가 시험을 망치면 태양도 멈춰버렸으면 좋겠어!"

극적인 대비를 위해 태양이 뜨고(rise) 태양이 진다(set)는 표현이 쓰였다. 문득 "내일은 내일의 태양이 떠오른다."는 영화 〈바람과 함께 사라지다〉 속 독백이 떠오른다. ('Tomorrow is another day.'라는 대사를 의역한 것이다.) 'I'd rather' 용법은 자신의 의견을 완곡하게 표현하는 방법으로 '난 …가 좋아/싫어!'라고 직설적으로 말하지 않고 '나는 …가 아니면 좋겠어!' 정도로 말을 돌린다고 생각하면 된다.

시험이 끝나고 앤과 다른 시험 응시자들은 금요일에 집으로 돌아온다. 그리고 애타게 우체국을 드나들며 합격자 발표를 기다린다. 앤은 길버트보다 시험 성적이 떨어질까 봐 걱정하지만 다른 이유로도 좋은 성적을 거두고 싶어한다.

But she had another and nobler motive for wishing to do well. She wanted to 'pass high' for the sake of Matthew and Marilla—especially Matthew. Matthew had declared to her his conviction that she 'would beat the whole Island.' That, Anne felt, was something it would be foolish to hope for even in the wildest dreams. But she did hope fervently that she would be among the first ten at least, so that she might see Matthew's kindly brown eyes gleam with pride in her achievement.

하지만 앤에게는 시험 성적이 좋기를 바라는 또 다른, 더 고귀한 이유가 있었다. 앤은 매튜와 마릴라, 특히 매튜를 위해 '높은 성적으로 합격'하고 싶었던 것이다. 매튜는 앤이 '섬 전체에서 그 누구보다도 잘할 것'이라고 호언장담을 했지만, 앤에게는 그 말이 터무니없는 꿈들 중에서도 가장 터무니없는 꿈으로 느껴졌다. 하지만 매튜의 친절한 갈색 눈이 앤이 이룬 일로 인해 자부심으로 빛나는 걸 볼 수 있도록 자신이 최소한 상위 열 명 중에는 들기를 간절히 바랐다.

'hope'가 '바라다'라는 뜻의 동사라는 건 누구나 알지만, 이 뒤에 명사 목적어 하나를 쓸 때에는 'hope for something'이라고 말한다는 것을 아는 이는 생각보다 많지 않은 것 같다. 'hope (that) 주어 + 동사 + …'처럼 that 절을 목적어로 쓰거나 hope to 부정사를 쓰는 용법도 자주 사용된다.

우수한 성적을 거두어서 마릴라와 매튜, 그중에서도 특히 매튜를 기쁘게 해주고 싶은 앤의 마음은 자식이 부모를 사랑해서 할 수 있는 여러 일 중 한 가지인 것은 분명하다. 자신을 입양해준 커스버트 남매에게 앤이 느끼는 이런 애정은 정말 감동적이기까지 하다. 합격자는 예정된 보름이 지나도 발표되지 않는다. 그러던 어느 날 다이애나가 숨차게 달려와 앤에게 신문을 전해준다.

Anne sprang to her feet, knowing at once what that paper contained. The pass list was out! Her head whirled and her heart beat until it hurt her. She could not move a step. It seemed an hour to her before Diana came rushing along the hall and burst into the room without even knocking, so great was her excitement.

"Anne, you've passed," she cried, "passed the VERY FIRST—you and Gilbert both—you're ties—but your name is first. Oh, I'm so proud!"

Yes, she had passed—there was her name at the very top of a list of two hundred! That moment was worth living for.

앤은 그 신문 내용이 무엇인지 단박에 짐작하고 벌떡 일어났다. 합격자 명단이 실렸던 것이다! 머리가 빙빙 돌고 심장은 거세게 고동쳐 아플 지경이었다. 한 발자국도 움직일 수 없었다. 다이애나가 너무 흥분한 나머지 복도를 지나 방으로 노크도 없이 우당탕탕 들어오기까지 한 시간은 족히 지난 것처럼 느껴졌다.

"앤, 너 붙었어." 다이애나가 소리쳤다. "그것도 일등으로. 너랑 길버트 둘 다. 둘이 동점이야. 하지만 네 이름이 위에 있어. 아, 난 정말 네가 자랑스러워."

그렇다. 앤은 합격했다. 200명 합격자 명단 꼭대기에 앤의 이름이 있었다. 그 순간은 정말 살 만한 가치가 있었다.

'on one's feet'이라고 하면 발을 붙이고 서 있는 상태를 말한다. 이 상태로 움직일 때에는 전치사 'to'를 써서 'to one's feet'이라고 쓰면 된다. 사실 'To your feet!'이라고 하면 굉장히 고압적인 군대 용어로 '일어서!'라는 뜻이 된다. 일상생활에서는 'jump to one's feet' 혹은 'spring to one's feet'을 자주 쓴다. 둘 다 벌떡 일어선다는 뜻이다.

'be worth …ing'는 '…할 만한 가치가 있다'는 뜻이고 그 뒤에 나오는 표현이 'live for'이다. 이는 '…을 위해 살다'라는 뜻이니까, 목적으로 삼아 살 만한 가치가 있다고 이해하면 된다. 'die for'는 극단적인 말이기는 하지만 '…를 위해서 죽다'라는 뜻이다. 사실 '그 순간은 살 만한 가치가 있었다'라고 의역했지만, 좀 더 직접적으로 말하자면 '그 순간은 삶의 목적으로 삼을 만한 가치가 있었다'라는 뉘앙스이다.

고아로 살다가 사랑해주는 이들을 만나 지지받으며 프린스에드워드섬 최고의 성적으로 합격이라는 성취를 이뤄낸 그 순간은 정말 그 어느 때보다도 살맛이 날 것 같다. 하찮은 사람, 'nobody'라고 생각했던 고아 소녀가 자신이 무언가를 해낼 수 있음을 세상에 입증하는 순간만큼 살 만한 가치가 있는 순간이 또 어디 있겠는가.

33

I don't want to be anyone but myself

나 자신 외에는 그 누구도 되고 싶지 않아

앤은 화이트샌즈 호텔에서 열리는 콘서트에 낭독자로 초대를 받는다. 다이애나가 초록 지붕 집의 동쪽 지붕 방에서 앤이 옷 입는 것을 도와주고 있다.

"Do you really think the organdy will be best?" queried Anne anxiously. "I don't think it's as pretty as my blue-flowered muslin—and it certainly isn't so fashionable."

"But it suits you ever so much better," said Diana. "It's so soft and frilly and clinging. The muslin is stiff, and makes you look too dressed up. But the organdy seems as if it grew on you."

Anne sighed and yielded. Diana was beginning to have a

reputation for notable taste in dressing, and her advice on such subjects was much sought after.

"정말 이 오건디 옷이 가장 나은 것 같아?" 앤이 걱정스럽게 물었다. "푸른 꽃무늬 모슬린 원피스만큼 예쁘진 않은 것 같은데, 게다가 별로 유행하는 스타일도 아니고."

"하지만 너한테는 그 어떤 옷보다 잘 어울리는걸." 다이애나가 말했다. "이 옷은 부드럽게 나풀대면서 몸에 감기잖아. 그 모슬린 옷은 뻣뻣해. 네가 너무 차려입은 것처럼 보이게 만든다고. 하지만 이 오건디 옷은 마치 네 몸에서 자라난 것처럼 보여."

앤은 한숨을 쉬며 다이애나의 말에 승복했다. 다들 다이애나의 옷 입는 취향이 뛰어나다고들 입을 모았다. 이런 문제에 대해서라면 다이애나의 조언을 많이들 구했다.

'dress up'은 '한껏 차려입다, 성장盛裝하다'라는 뜻이다. 반대로 'dress down'도 있다. 옷을 캐주얼하게, 편하게 입을 때 'dress down' 한다고 한다. 'dress down'을 잘 하려면 일단 'dress up'을 할 줄 알아야 한다는 말도 있다. 즉, 편하게 입었을 때 멋있어 보이려면 잘 차리고 꾸밀 줄도 알아야 한다는 뜻이다. 또한 'grow on a person'(옷이 몸에서 자라다)이라는 표현은 그만큼 차림새가 몸에 맞춘 듯 자연스럽다는 뜻이다.

'much sought after'도 은근히 자주 쓰이는 표현이다. 'seek

after'의 과거분사형인 이 표현은 '사람들이 많이 찾는, 인기 있는'의 의미로 쓰인다. 'Eco fur jackets are much sought after these days.'(요즘은 에코 퍼 재킷들을 많이 찾는다) 같은 식으로 사용된다.

앤의 동쪽 지붕 방도 그동안 많이 변했다. 더 이상 마릴라가 처음 앤에게 내주었던 삭막한 방이 아니다. 물론 어린 앤이 꿈꾸었던 대로 분홍 장미가 새겨진 벨벳 카펫이나 분홍 실크 커튼들로 장식된 적은 없다. 그러나 방은 이제 앤의 성정에 맞게 따뜻하고 온기 있는 모습으로 변해 있다. 녹색 모슬린 커튼이 나부끼고, 벽에는 사진들이 걸려 있고, 무엇보다도 늘 앤이 꺾어 오는 꽃들로 장식되어 있다. 마릴라도 이제는 앤이 유행에 맞는 옷을 입는 것에 크게 반대하지 않는다. 매튜가 툭하면 카모디 상점에 가서 점원이 권하는 대로 유행한다는 옷감을 다 사 오기 때문이다.

마릴라는 화이트샌즈로 떠나는 앤에게 춥지 않게 옷을 잘 껴입고 마차 바퀴에 옷이 끼지 않도록 조심하라 말하며 배웅한다. 앤은 다이애나, 제인 앤드루스와 함께 화이트샌즈 호텔로 향한다. 그리고 낭송을 너무도 멋지게 해낸다. 길버트가 조시 파이와 함께 관중석에 와 있었는데, 길버트 앞에서 절대 못하는 꼴을 보일 수 없다는 마음에 떨림도 다 사라져서 멋지게 낭송을 끝내고 앙코르까지 받는다.

"There, they're encoring you— they're bound to have you back!"

"저기 봐요. 사람들이 앙코르를 청하고 있잖아요. 당신을 다시 무대로 부를 수밖에요."

'누군가에게 앙코르를 청하다'는 'encore someone'이다. 'have someone back'은 문맥에 따라 다양한 뜻으로 쓰일 수 있는 표현인데, 여기서는 무대에 앤을 'have back'한다는 의미로 의역했다.

콘서트가 끝나고 만찬에까지 초대를 받아 다녀온 앤과 다이애나와 제인은 다시 마차를 타고 애번리로 돌아온다. 마차에서 다이애나와 제인은 관중석에 있던 이들이 무대에 선 앤을 보고 한 말을 전해준다. 관중석에 있던 한 미국인 화가가 이렇게 말한 것을 들었다는 것이다.

"Who is that girl on the platform with the splendid Titian hair? She has a face I should like to paint."

"저 멋진 황갈색 머리를 한 아가씨는 누구지? 내가 그려보고 싶은 얼굴이야."

Titian은 이탈리아의 화가 티치아노를 가리키는데, 이 화가가 주로 붉은 머리, 황갈색 머리의 여성을 많이 그려서 황갈색 머리를 아예 'Titain hair'라고 한다. 앤은 평소에 다이애나에게 자신이 크면서 머리 색이 'red'에서 'auburn'(적갈색)으로 바뀌었노라 말해달라고 요청하곤 했는데, 이제 황갈색으로까지 변했다고 볼 수 있었다. 한편 제인은 화이트샌즈 호텔에 휴양을 하러 온 미국인 부자들을 보고 한숨을 짓는다.

"DID you see all the diamonds those ladies wore?" sighed Jane. "They were simply dazzling. Wouldn't you just love to be rich, girls?"

"We ARE rich," said Anne staunchly. "Why, we have sixteen years to our credit, and we're happy as queens, and we've all got imaginations, more or less. Look at that sea, girls—all silver and shadow and vision of things not seen. We couldn't enjoy its loveliness any more if we had millions of dollars and ropes of diamonds."

"거기 숙녀들이 두르고 있던 다이아몬드들 봤니?" 제인이 한숨을 쉬었다. "말 그대로 눈부시더라. 너희들은 부자가 되고 싶지 않니?"

"우리는 부자인걸." 앤이 다부지게 대답했다. "우리에겐 16년이라는 멋진 시간이 있고, 여왕처럼 행복하잖아. 우리에겐 정도의 차이는 있지만 상상력도 있고. 저 바다를 봐, 애들아. 온통 은빛과 음영이 어우러지고 보이지 않는 것들이 너울거리고 있잖아. 우리에게 수백만 달러와 다이아몬드 한 주먹이 있다면 이런 사랑스러움을 더 이상 즐길 수 없을 거야."

대문자로 'ARE'와 같이 표기하는 건, 이 부분을 강조해서 말했다는 표시이다. '우리는 부자야.'라는 메시지를 강조해서 말했다는 뜻이다. 16년을 우리의 'credit'으로 가지고 있다는 것은 그간 살아온 16년의 세월이 자신들에게 커다란 강점이 된다는 뜻이다. 어린이는 아니지만 아직 성인의 문턱에 있는지라 할 일, 하고 싶은 일이 무한한 잠재력으로 놓여 있는 그런 시기이니 이 나이를 멋진 시간이라 말하고 있는 것이다. 그래도 제인은 다이아몬드가 있으면 큰 위안이 될 거라 말한다. 이에 앤은 다시 야무지게 말한다.

"Well, I don't want to be anyone but myself, even if I go uncomforted by diamonds all my life," declared Anne. "I'm quite content to be Anne of Green Gables, with my string of pearl beads."

"음, 나는 나 자신 외에 그 누구도 되고 싶지 않아. 설사 평생 다이아몬드의 위안을 받지 못한다고 해도 말이야." 앤이 단호하게 말했다. "나는 진주 목걸이를 한 초록 지붕 집의 앤인 것에 너무 만족해."

여기서 'but'은 'except'의 뜻으로 쓰였다. 그래서 나 외에는 그 누구도 되고 싶지 않다는 뜻이 된다. 공상의 세계로 도피하던 말 많고 외로운 고아 소녀가 이제 건강한 자기애로 내면에 무게중심의 추를 든든하게 드리우고 있는 모습을 보라. '내가 나라서 좋은 경지', 단단한 자기애를 구축한 앤의 모습이다.

34

The real me is just the same

마음속의 진짜 나는 언제나 같아요

앤이 퀸스아카데미로 갈 날이 가까워진다. 마릴라와 매튜는 앤이 퀸스에 가서 입을 옷을 잔뜩 장만해주고, 심지어 야회복(evening gown)까지 준비해준다. 앤은 이 멋진 야회복을 입은 채 마릴라와 매튜 앞에서 낭송을 해 보이고, 그런 앤을 보며 마릴라는 울음을 터뜨린다.

As Marilla watched the bright, animated face and graceful motions her thoughts went back to the evening Anne had arrived at Green Gables, and memory recalled a vivid picture of the odd, frightened child in her preposterous yellowish-brown wincey dress, the heartbreak looking out of her tearful eyes.

Something in the memory brought tears to Marilla's own eyes.

"I declare, my recitation has made you cry, Marilla," said Anne gaily stooping over Marilla's chair to drop a butterfly kiss on that lady's cheek. "Now, I call that a positive triumph."

앤의 밝고 생기 넘치는 얼굴과 우아한 동작을 보면서 마릴라의 생각은 앤이 처음 초록 지붕 집에 왔던 저녁으로 돌아갔다. 그녀의 기억 속에는 누르스름한 혼방 재질의 터무니없는 원피스를 입은 원피스를 입은 이상하고 겁에 질린 아이가 생생하게 떠올랐다. 눈물이 그렁그렁한 눈으로 바라보던 아이의 모습이 마음 아팠다. 기억 속의 무언가가 마릴라의 눈에도 눈물이 맺히게 만들었다.

"장담하는데 제 낭송 때문에 우시는 거죠, 마릴라!" 앤이 즐겁게 말하고는 마릴라가 앉은 의자로 다가가 몸을 굽혀 마릴라의 뺨에 가볍게 뽀뽀를 했다. "자, 그럼 제가 정말 낭송을 잘한 걸로 해요."

'drop a kiss'는 '키스를 해주다'라는 뜻이고, 사실 'butterfly kiss'는 입술로 키스를 하는 게 아니라 긴 눈썹으로 상대의 뺨을 간지럽히는 행위를 말한다. 여기서는 딱히 적당한 말이 없어서 그냥 '뽀뽀'라고 번역했다. 속눈썹이 긴 서양인들이라 할 수 있는 키스인 것 같다.

마릴라가 앤의 낭송 때문에 우는 것이 아니라 어릴 적 앤이 생각났고, 앤이 이제 다 자라서 떠나는 것 같아 운다고 말하자 앤은 얼른 이렇게 말한다.

"Marilla!" Anne sat down on Marilla's gingham lap, took Marilla's lined face between her hands, and looked gravely and tenderly into Marilla's eyes. "I'm not a bit changed—not really. I'm only just pruned down and branched out. The real ME—back here—is just the same. It won't make a bit of difference where I go or how much I change outwardly; at heart I shall always be your little Anne, who will love you and Matthew and dear Green Gables more and better every day of her life."

"마릴라!" 앤이 깅엄 스커트를 입은 마릴라의 무릎에 앉아 마릴라의 주름진 얼굴을 양손으로 잡고 두 눈을 진지하게 그러나 부드럽게 바라보며 말했다. "저는 조금도 안 변했어요. 정말이에요. 저는 그저 쓸모없는 가지들을 쳐낸 후 가지를 널리 뻗고 있는 거예요. 진짜 나, 그러니까 여기 마음속의 나는 이전과 똑같아요. 제가 어디를 가든, 겉모습이 얼마나 변하든 조금도 달라지지 않아요. 제 마음속에서 저는 항상 마릴라의 작은 앤이고, 늘 마릴라와 매튜와 초록 지붕 집을 사랑할 거고, 살아 있는 동안 매일 더 많이 사랑할 거예요."

'look into someone's eyes'는 누군가의 눈을 똑바로 쳐다보는

것을 말한다. 앤이 마릴라의 얼굴을 양손으로 부드럽게 잡은 채 두 눈을 들여다보는 모습을 떠올리면 된다. 한편 'prune out'은 '가지를 치다'라는 뜻이고 'branch out'은 '가지가 뻗어나가다'라는 뜻이니, 쓸모없는 가지를 솎아내고 좋은 가지들을 더 키워나간다는 의미이다. 앤이 마릴라를 안아주며 그렇게 말하자 매튜는 젖은 눈으로 밖으로 나가버린다. 그리고 하늘에 총총 빛나는 별들을 바라보며 이렇게 혼잣말을 한다.

"Well now, I guess she ain't been much spoiled," he muttered, proudly. "I guess my putting in my oar occasional never did much harm after all. She's smart and pretty, and loving, too, which is better than all the rest. She's been a blessing to us, and there never was a luckier mistake than what Mrs. Spencer made—if it WAS luck. I don't believe it was any such thing. It was Providence, because the Almighty saw we needed her, I reckon."

"앤은 제멋대로 자라지 않았어." 매튜가 자랑스럽게 중얼거렸다. "내가 이따금 끼어든 게 양육을 그르치진 않은 것 같아. 앤은 똑똑하고 예쁘고 사랑이 넘치는 아이야. 사랑이 넘치는 게 그 어떤 것보다 좋지. 앤은 우리에게 축복이었고, 스펜서 부인이 저지른 실수보다 더 운 좋은 실수는 없을 거야. 그게 운이라면 말이지. 난 운 같은 건 믿지 않는데, 그건 신의 섭리였나 봐. 하느님은 우리에게 앤이 필요하다는 걸 아신 것 같아."

육아를 하다 보면 그런 순간이 온다. 아이가 나를 필요로 하는 것이 아니라 내가 살아가기 위해, 내가 더 나은 인간이 되기 위해 이 아이가 필요했다는 걸 깨닫는 순간. 매튜는 어린 고아에게 필요한 양육자가 되어주겠다는 생각으로 시작한 여정의 끝에서 결국 자신의 삶에 이 아이가 정말로 필요했다는 것을 깨닫는다. 마릴라와 둘이서 외롭고 건조하게 하루하루를 반복하던 삶이 아이 한 명을 데려오면서 달라졌고, 인생의 기쁨과 슬픔을 아이의 눈을 통해 다시 경험하면서 자신의 삶이 그 어느 때보다 충만해졌음을 이제 알기 때문이다.

그렇게 앤은 다이애나 그리고 마릴라와 눈물로 작별을 한 후 매튜가 모는 마차를 타고 샬럿타운으로 향한다. 조지핀 대고모의 집은 퀸스아카데미에서 너무 멀어 앤은 학교 근처에서 하숙을 하게 된다. 학교에서 앤과 길버트는 상급반에 들어가 1년 안에 1급 교사 자격증을 따기 위해 공부하고, 다른 친구들은 중급반에 들아가 2급 자격증을 따기 위해 공부하게 된다. 말도 안 거는 길버트를 제외하고는 아는 사람이 하나도 없는 교실에서 첫날을 마치고 하숙집으로 돌아와 앉은 앤은 눈물이 난다.

그렇게 울고 있는데, 얄미운 소리만 하는 조시 파이와 제인 앤드루스와 루비가 앤의 방으로 찾아온다. 이야기를 나누다 루비가 앤에게 최우수 졸업자에게 주는 금메달을 노리고 있느냐고 묻자 앤은 수줍게 고개를 끄덕인다. 하지만 조시가 금메달보다 더 좋은 에이버리 장학금이 생겨서 최우수 졸업자에게는 이제 레드먼드대학에서 4년 동안 공부해 학사 학위를 딸 수 있도록 장학금을 준다는 소식을 전해준다. 이내 앤은 목표가 바뀐다. 대학에 가야겠다는 꿈이 생긴 그날 밤 앤은 잠자리에 들어 생각한다.

"Oh, it's delightful to have ambitions. I'm so glad I have such a lot. And there never seems to be any end to them— that's the best of it. Just as soon as you attain to one ambition you see another one glittering higher up still. It does make life so interesting."

'아, 야망을 갖는 건 즐거운 일이야. 나는 그런 야망이 많다는 게 정말 기뻐. 게다가 야망에는 끝이 없는 것 같아. 그게 야망의 가장 좋은 점이기도 해. 하나의 야망을 성취하면 또 다른 야망이 저 높은 곳에서 반짝이고 있으니까. 이 점이 삶을 정말 흥미롭게 만들어줘.'

낭만적인 것에 목숨을 걸던 시기가 지나고 이제 앤은 사회에서 느끼는 성취감이 무엇인지 아는 나이가 되었다. 사회에서 자신의 쓸모가 무엇인지 확인하며 앞으로 나아가는 기쁨이 삶의 동력이 될 수도 있다는 것을 이제 알게 된 것이다. 물론 어떤 야망을 품든 앤의 마음속 진짜 앤의 모습은 언제나 똑같겠지만 말이다.

35

Next to trying and winning, the best thing is trying and failing

노력하고 이기는 것도 좋지만,
그다음으로 좋은 건 노력하고 실패하는 것

애번리 학생들은 매주 금요일 카모디까지 새로 뚫린 기찻길을 이용해 집으로 돌아간다. 그 덕분에 학생들은 카모디부터 애번리까지 같이 걸어가게 된다. 길버트 블라이드도 어여쁜 루비의 가방을 들어주며 같이 걷는다. 제인은 길버트가 루비 같은 타입을 좋아하지 않을 줄 알았다고 속삭인다. 앤도 같은 생각이었지만 그 생각을 입 밖으로 내지는 않는다.

She could not help thinking, too, that it would be very pleasant to have such a friend as Gilbert to jest and chatter with and exchange ideas about books and studies and ambitions. Gilbert had ambitions, she knew, and Ruby Gillis did not seem the sort of person with whom such could be profitably discussed.

앤도 길버트 같은 친구가 있어서 농담을 주고받으며 이야기를 나누고, 책과 공부와 야망에 대한 생각을 교환하면 정말 즐거울 것 같다는 생각이 드는 건 어쩔 수 없었다. 앤이 알기로 길버트도 야망이 있었고, 루비 길리스는 그런 문제에 대해 편하게 이야기할 수 있는 상대로 보이지 않았다.

'cannot help …ing'는 '…하지 않을 수 없었다'는 뜻이다. 여기서는 앤도 제인과 같은 생각을 할 수밖에 없었다는 뜻이다.

If she and Gilbert had been friends she would not have cared how many other friends he had nor with whom he walked. She had a genius for friendship; girl friends she had in plenty; but she had a vague consciousness that masculine friendship might also be a good thing to round out one's conceptions of companionship and furnish broader standpoints of judgment and comparison. Not that Anne could have put her feelings on the matter into just such clear definition. But she thought that if Gilbert had ever walked home with her from the train, over the crisp fields and along the ferny byways, they might have had many and merry and interesting conversations about the new world that was opening around them and their hopes and ambitions therein.

앤과 길버트가 친구였다면 앤은 그에게 몇 명의 친구가 있는지 혹은 누구와 함께 걷는지에 신경 쓰지 않았을 것이다. 앤은 우정이라면 달인이었다. 여자 친구들은 많았다. 하지만 남자와의 우정이 동료애의 개념을 더욱 무르익게 하고, 판단과 비교에 보다 넓은 관점을 제공해 좋은 면이 있을 거라고 막연하게 의식하고 있을 뿐이었다. 이 문제는 앤이 명확히 정의를 내릴 수 없는 일이었다. 그보다 앤은 길버트가 자신과 함께 기차에서 내려 바스락거리는 들판과 고사리가 핀 샛길을 따라 걸어간다면 자신들 주변에 열리는 새로운 세계와 그 세계가 품은 희망과 야망에 대해 즐겁고 흥미로운 대화를 나눌 수 있을 거라고 생각했다.

'have a genius for …'는 '…에 재주가 있다'는 뜻이다. 여기서는 앤이 우정에 재주가 있어 친구를 잘 사귄다는 뜻으로 쓰였다. 그래서 여자인 친구들은 많은데 남자인 친구는 없어서, 남자와의 우정은 어떠할지 앤은 그저 가늠해볼 뿐이다. 'round out'은 '둥글게 만들다, 완성하다'라는 뜻뿐 아니라 '어떤 것을 무르익게 하다'라는 뜻도 있다. 'companionship', 즉 동료애를 'round out'한다는 말은 동료애 혹은 우정을 더 완성형으로 키워낸다는 뜻이다.

이렇게 앤은 길버트를 용서한 지 오래였으나 굳어진 침묵을 깨지 못해 그냥 말 안 하는 사이로 계속 지낸다. 앤은 퀸스아카데미에서 스텔라 메이너드와 프리실라 그랜트라는 친구들을 사귄다. 크리스마스가 지나자 이제는 집에도 가지 않고 다들 공부에 매진한다. 그러다 일요일에 시간이 나면 조지핀 대고모님의 집에 가서 점심을 먹고 같이 교회에 갔다. 조지핀 대고모는 여전히 앤을 아꼈다.

"That Anne-girl improves all the time," she said. "I get tired of other girls—there is such a provoking and eternal sameness about them. Anne has as many shades as a rainbow and every shade is the prettiest while it lasts. I don't know that she is as amusing as she was when she was a child, but she makes me love her and I like people who make me love them. It saves me so much trouble in making myself love them."

"저 앤이라는 아이는 계속 발전하는구나." 조지핀 대고모가 말했다. "난 다른 여자아이들은 싫증이 나. 언제나 똑같기만 해서 거슬리거든. 그런데 앤은 무지개처럼 여러 색이 있고, 각각의 색은 드러날 때마다 가장 예쁘지. 어릴 때처럼 재미있는지는 잘 모르겠지만 이 아이는 내가 자기를 사랑할 수밖에 없도록 만들어. 나는 자기를 사랑하게 만드는 사람들이 좋아. 내가 사람들을 사랑하기 위해 애써 수고하지 않아도 되잖아."

'save'는 '구해주다'라는 뜻도 있지만 '덜어주다'라는 의미로도 쓰인다. 앤이 가진 다채로운 매력을 알아보고 좋아해주는 이런 할머니가 있는 것도 참 좋다. 나이 들어서 괴팍하게 자기 세계에만 갇혀 살 것 같은 노인이 앤을 사랑하는 이유가 그 다채로운 매력 때문이라는 점은 의미심장하다. 사회가 요구하는 틀에 자신을 맞춰가며 매력을 잃어버리는 여느 여자아이들과 달리 생생하게 살아 있는 개성으로 힘차게 살아가는 앤의 모습이 조지핀 대고모에게 무엇보다도 크게 와 닿지 않았을까 싶다.

그러다 마침내 봄이 온다. 시험이 얼마 남지 않은지라 다들 봄을 즐길 여유조차 없다. 하지만 앤은 애번리의 봄을 떠올려보자고 한다.

"But just now I honestly feel that as long as I know the violets are coming out all purple down in the hollow below Green Gables and that little ferns are poking their heads up in Lovers' Lane, it's not a great deal of difference whether I win the Avery or not. I've done my best and I begin to understand what is meant by the 'joy of the strife.' Next to trying and winning, the best thing is trying and failing. Girls, don't talk about exams! Look at that arch of pale green sky over those houses and picture to yourself what it must look like over the purply-dark beech-woods back of Avonlea."

"그런데 지금 초록 지붕 집 아래 계곡에서 제비꽃들이 보랏빛으로 피어나고 연인의 오솔길에서는 작은 고사리들이 고개를 내밀고 있다는 걸 아는 한, 내가 에이버리 장학금을 타는지 못 타는지는 중요하지 않은 것 같아. 나는 최선을 다했고, '경쟁의 기쁨'이 무슨 의미인지 이해하기 시작했어. 노력하고 이기는 것도 좋지만, 그다음으로 좋은 일은 노력하고 실패하는 거니까. 얘들아, 시험 얘기는 그만하자. 저 집들 위에 연녹색 하늘이 아치처럼 드리워진 것 좀 봐! 애번리의 자줏빛 너도밤나무 숲 위에는 어떤 하늘이 걸려 있을지 한번 머릿속으로 그려봐."

'next to'는 '…의 옆에'라는 뜻도 있지만 '… 다음으로'라는 뜻도 있다. 그래서 인용문 속 문장은 노력하고 이기는 것 다음으로 'the best'가 노력하고 실패하는 것이라는 뜻이 된다.

앤은 늘 자연을 보며 위안을 받고 힘을 얻는다. 이렇게 창 너머로 자연을 바라볼 줄 아는 눈을 가진 아이는 항상 마음에 여유가 있다. 여유는 조바심으로 가득한 자기 자신에게서 눈을 들어 커다란 자연에 마음을 풀어놓을 수 있는 사람에게만 주어지는 선물 같다.

36

Thinking of the past and dreaming of the future

과거를 돌아보고 미래를 꿈꾸며

시험 결과가 발표되는 날, 앤은 제인과 함께 학교로 걸어가고 있다. 제인은 자신이 합격할 걸 알고 있어서 그저 행복하다. 하지만 1급 교사 자격증에 장학금까지 노리는 앤은 좌불안석이다. 이런 둘을 대비하면서 이런 구절이 나온다.

For we pay a price for everything we get or take in this world; and although ambitions are well worth having, they are not to be cheaply won, but exact their dues of work and self-denial, anxiety and discouragement.

이 세상에서 우리가 얻거나 가지게 되는 모든 것에는 대가가 따른다. 야망은 비록 가질 가치가 충분하지만 값싸게 얻을 수 있는 것은 아니다. 야망은 노력과 절제, 불안과 좌절이라는 대금을 받아내기 때문이다.

'pay a price for' 혹은 'pay for'라는 말에는 '돈을 지불하다'라는 뜻과 함께 '대가를 지불하다'라는 뜻도 있다. 그래서 'I'll make you pay for this.'라고 하면 '이 일에 대가를 치르게 만들어주겠어.', 즉 '어디 두고 보자.' 이런 말이 된다. 모든 일에 대가가 있다는 말은 맞는 말이지만 슬픈 말이기도 하다. 때로 엄청나게 좋은 일이 갑자기 일어나면 두려워지곤 하는데 그건 반드시 그 대가가 있을 거라는 생각이 들기 때문이다. 예를 들어 갑자기 로또에 당첨된다고 해도 당첨자들 중 다수가 불행해진 걸 보면, 쉽게 얻은 것에 치르는 대가도 만만치 않다는 생각이 들지 않는가.

앤과 제인이 학교로 걸어 들어가는데 남학생들이 길버트 블라이드를 떠멘 채 '메달 수상자'라고 외치는 것을 보고 앤은 눈앞이 깜깜해진다. 맥이 풀려 주저앉으려는 순간 학생들은 앤을 보고 '에이버리 장학금 수상자!'라고 외친다. 앤이 해낸 것이다. 기뻐할 매튜와 마릴라를 생각하니 앤은 너무 행복하다.

Commencement was the next important happening. The exercises were held in the big assembly hall of the Academy. Addresses were given, essays read, songs sung, the public award of diplomas, prizes and medals made.

다음으로 일어난 중요한 일은 졸업식이었다. 이 행사는 퀸스아카데미의 대강당에서 열렸다. 연설과 축사, 고별사 등이 이어지고, 노래가 불리고, 졸업장과 상과 메달이 수여됐다.

'commencement'는 '시작하다'라는 뜻의 동사 'commence'에서 왔다. 시작식을 졸업식이라고 부르는 게 재미있기는 하다. 아마도 사회로 나가기 시작하는 의식이라서 시작식을 졸업식이라고 부르는 듯하다. 참고로 졸업장은 'diploma'라고 한다.

매튜와 마릴라의 눈은 고별사라 할 수 있는 최우수 에세이를 읽는 앤에게 꽂혀 있다. 조지핀 대고모도 졸업식장에 와 있다. 앤은 졸업식을 마치자마자 시험을 보느라 내내 오지 못했던 애번리로 얼른 돌아온다. 그리고 다이애나와 자신의 방에서 이야기를 나눈다. 자기보다 스텔라 메이너드와 더 친해지지 않았느냐는 다이애나의 말에 앤은 다이애나가 언제나 최고의 친구라고 말해준다.

앤은 9월에 레드먼드대학에 진학할 거라면서 그 전에 애번리에서 여름을 귀하게 보낼 거라고 말한다. 다이애나는 다른 친구들의 진로에 대해 전해준다.

"The Newbridge trustees have offered Jane their school already," said Diana. "Gilbert Blythe is going to teach, too. He has to. His father can't afford to send him to college next year, after all, so he means to earn his own way through. I expect he'll get the school here if Miss Ames decides to leave."

"뉴브리지 학교 이사들은 이미 제인에게 교사직을 제안했어." 다이애나가 말했다. "길버트 블라이드도 교사가 될 거래. 그래야만 해. 아버지가 내년에 대학에 보내줄 여유가 없다나 봐. 그래서 자신이 벌어서 가려고 한대. 에임스 선생님이 그만두면 여기 애번리 학교를 길버트가 맡을 것 같아."

'earn one's own way through'라는 말은 보통 '고학하다'라고 번역한다. 완성형 문장은 'earn one's way through college'이며, 돈을 벌어가며 대학에 다니는 것을 말한다. 여기서는 길버트가 교사 일을 몇 년 해서 돈을 번 후 그 돈으로 대학에 갈 거라는 뜻으로 'earn one's own way through'라는 표현을 썼다. 다음 날 아침 앤은 매튜의 안색이 좋지 않은 것을 본다. 그래서 망설이다 마릴라에게 물어본다.

"Marilla," she said hesitatingly when he had gone out, "is Matthew quite well?"

"No, he isn't," said Marilla in a troubled tone. "He's had some real bad spells with his heart this spring and he won't spare himself a mite. I've been real worried about him, but he's some better this while back and we've got a good hired man, so I'm hoping he'll kind of rest and pick up. Maybe he will now you're home. You always cheer him up."

"마릴라" 매튜가 나가고 없자 앤이 주저하며 말했다. "매튜 아저씨 건강은 괜찮으신가요?"

"아니." 마릴라가 근심 어린 어조로 말했다. "올봄에 심각한 심장 발작이 몇 번 왔잖니. 그런데도 눈곱만치도 자기 몸을 아끼지를 않아. 내내 걱정이었단다. 요 근래에는 좀 좋아진 거야. 이제 일꾼도 고용했고. 그래서 좀 쉬고 회복하기를 바라고 있단다. 아마 네가 집에 왔으니 좋아질 거야. 네가 항상 기운을 북돋워주잖니."

여기서 'well'은 '건강한'이란 뜻의 형용사이다. 그러니까 'someone is well'이라는 말은 '건강하게 잘 지내다'라는 뜻이다. 어딘가 몸이 좋지 않을 때 'I'm not feeling well.'이라고 하는 것도 같은 용법이다. 'spare oneself'는 '몸을 사리다, 수고를 아끼다'라는 뜻인데, 여기서는 부정문이므로 매튜가 몸을 사리지 않고 일을 한다는 의미이다. 'a mite'는 진드기인데, 진드기만큼도 몸을 아끼지 않는다는 관용어이나 이제는 자주 쓰이지 않는다. 'pick up'이라는 표현도 굉장히 좋은 표현이다. 'pick up'에는 '줍다, 차로 태워주다'라는 의미도 있지만 다시 상승 곡선을 보일 때도

'pick up'이라는 표현을 쓴다. 자동차가 속도를 올릴 때에도 'pick up' 한다 하고, 안 좋았던 경제가 좋아질 때에도 'The economy is picking up.'이라고 한다.

이후 마릴라는 매튜가 돈을 모두 저축해놓은 은행이 파산할지도 모른다는 걱정거리도 털어놓는다. 그날 저녁 앤은 밖에 나가 매튜가 소 떼를 몰고 돌아오는 길에 동행한다.

"You've been working too hard today, Matthew," she said reproachfully. "Why won't you take things easier?"

"Well now, I can't seem to," said Matthew, as he opened the yard gate to let the cows through. "It's only that I'm getting old, Anne, and keep forgetting it. Well, well, I've always worked pretty hard and I'd rather drop in harness."

"너무 열심히 일해오셨어요, 매튜." 앤이 나무라는 투로 말했다. "좀 슬슬 하시면 안 돼요?"

"그게 말이다, 그렇게 안 되더라." 매튜가 우리 문을 열어 소들을 들여보내며 말했다. "그냥 늙어서 그러는 거란다, 앤. 그걸 자꾸 까먹어서 그래. 그게, 나는 늘 열심히 일해왔으니, 그냥 일하다 죽으련다."

'harness'는 말들에게 채우는 마구馬具이다. 'in harness'는 직

역하면 '마구를 맨'이란 뜻인데 '근무 중인, 일하는 중인'이라는 의미가 된다. 'drop'이라는 단어는 '쓰러져 죽다'라는 뜻으로 자주 쓰인다. '마음껏 쇼핑하세요!'라는 의미인 'Shop until you drop.'이라는 문구로 유명한데, 이 표현을 직역하면 '쓰러져 죽을 때까지 쇼핑하세요.'이다. 'shop'과 'drop'의 운(rhyme)을 맞춘 표현이기도 하다.

열심히 일하는 습성이 몸에 붙어서 그저 살아온 대로 쭉 사는 모습, 낯익다. 많은 어르신들이 실제 그러신 것 같아서 더 슬프다. 매튜는 그저 묵묵하게 열심히 일하고 또 일하며 살아온 듯하다. 결혼도 연애도 하지 않고, 사람들과 잘 어울리지도 못하는 삶이었다. 대체 이 삶의 기쁨은 어디에 있는 걸까 생각해보면, 바로 앤이 그 답이라는 것을 알게 된다. 앤을 이렇게 잘 키운 것, 누군가를 아끼고 사랑하고 돌본 것, 자신을 내어주는 경험을 한 것, 그보다 순수하게 기쁜 경험은 그의 삶에 없었기 때문이다.

He smiled his shy smile at her as he went into the yard. Anne took the memory of it with her when she went to her room that night and sat for a long while at her open window, thinking of the past and dreaming of the future.

매튜는 으레 그렇듯 수줍은 미소를 지어 보이고는 외양간 안으로 들어갔다. 그날 밤 자기 방으로 가며 앤은 이 기억을 간직했다. 그리고 열린 창가에 앉아 오랫동안 과거를 돌아보고 미래를 꿈꾸었다.

과거를 돌아보고 미래를 꿈꾸는 것은 시간 속에 사는 인간만이 할 수 있는 일이다. 동물은 시간 속에 살지 않기 때문에 과거에 대한 미련과 미래에 대한 불안으로 괴로워하지 않는다. 인간만이 시간을 돌아보고 내다보며 괴로워하거나 기뻐한다. 그러나 이러한 시간의 흐름도 치명적인 사건이 일어나며 한 번씩 뚝뚝 끊기곤 한다. 앤에게 매튜와의 기억은 이 밤이 마지막이 된다. 다음 날 초록 지붕 집에 비극이 찾아왔기 때문이다.

37

The aching sense of loss in all familiar things

친숙한 모든 것에서 느껴지는 상실의 고통

매튜가 쓰러진다. 아침에 배달된 신문에서 은행이 파산했다는 뉴스를 보자 원래 안 좋던 심장이 마비를 일으켜서 한순간에 쓰러진 것이다. 그 소식을 듣고 배리 씨 부부와 린드 부인이 달려와 매튜가 의식을 되찾게 하려고 애쓰는 앤과 마릴라를 본다.

Mrs. Lynde pushed them gently aside, tried his pulse, and then laid her ear over his heart. She looked at their anxious faces sorrowfully and the tears came into her eyes.

"Oh, Marilla," she said gravely. "I don't think—we can do anything for him."

"Mrs. Lynde, you don't think—you can't think Matthew is—

is—" Anne could not say the dreadful word; she turned sick and pallid.

린드 부인은 앤과 마릴라를 옆으로 가만히 밀치더니 매튜의 맥을 짚어보고 귀를 심장에 대보았다. 그러고는 앤과 마릴라의 초조한 얼굴을 슬프게 쳐다보았다. 그녀의 눈에서 눈물이 흐르고 있었다.

"아, 마릴라." 린드 부인이 가라앉은 목소리로 말했다. "우리가 매튜를 위해 할 수 있는 건 없는 것 같아요."

"린드 부인, 매튜 아저씨가, 아저씨가 설마… 설마…." 앤은 차마 그 끔찍한 단어를 말할 수가 없었다. 앤의 얼굴이 새하얗게 질리며 일그러졌다.

'맥박을 짚어보다'는 영어로 'try one's pulse'라고 한다. 앞의 문장들에서 주의 깊게 볼 부분은 'I don't think'의 용법들이다. '할 수 있는 것이 없다고 생각한다'라는 우리말의 뜻을 잘 보면 부정은 '할 수 있다, 없다'에 걸린 부정이라는 것을 알 수 있다. '생각을 하다, 안 하다'로 think에 걸린 부정이 아니다. 그런데도 영어에서는 부정의 not을 앞으로 빼서 'I don't think we can do anything.'이라고 하지 'I think we cannot do anything.'이라고 하지 않는다. 후자와 같이 말한다고 해서 틀렸다고 하지는 않는다. 다만 어색할 뿐이다. 이럴 경우, 그냥 원어민들이 하는 방식대로 따라 하는 것이 좋다.

매튜는 심장마비로 한순간에 세상을 등진다. 비극은 이렇게 순식간에 들이닥친다. 사랑하는 이의 갑작스러운 죽음을 겪은 앤과 마릴라는 경황이 없다.

The news spread quickly through Avonlea, and all day friends and neighbors thronged Green Gables and came and went on errands of kindness for the dead and living. For the first time shy, quiet Matthew Cuthbert was a person of central importance; the white majesty of death had fallen on him and set him apart as one crowned.

소식은 애번리에 금세 퍼졌다. 그리고 초록 지붕 집에 하루 종일 친구들과 이웃들이 줄을 이었다. 이들은 죽은 이와 산 이를 위해 친절하게도 이러저러한 일들을 거들어주었다. 수줍고 조용했던 매튜 커스버트가 처음으로 중심인물이 되었다. 죽음의 새하얀 위엄이 그를 덮친 후 그에게 왕관을 씌운 듯했다.

'the dead'는 '죽은 이들'을 가리키는 말이고, 정관사 'the'에 'living'은 공통적으로 걸려서 'the living'은 '살아 있는 이들'이라는 뜻이다. 유명한 미국 드라마 〈The Walking Dead〉는 그래서 '걸어 다니는 죽은 자들'이라는 뜻이다. 문학 작품에서는 종종 'the living dead'와 'the dead living'이라는 표현을 쓰기도 한다.

전자는 '죽었으나 살아 있는 이들'을 말하고, 후자는 '살았으나 죽은 이들'을 말한다. 즉, 'the dead living'은 살아는 있으나 죽은 이들만도 못한 삶을 사는 이들을 가리킨다. 제임스 조이스의 단편소설 「죽은 사람들(The Dead)」에 대한 비평에 종종 등장하는 표현이기도 하다.

매튜의 입관 날 밤 다이애나가 와서 위로하며 밤에 같이 자주겠다고 제안하지만 앤은 거절하면서 이렇게 말한다.

"I think you won't misunderstand me when I say I want to be alone. I'm not afraid. I haven't been alone one minute since it happened—and I want to be. I want to be quite silent and quiet and try to realize it. I can't realize it. Half the time it seems to me that Matthew can't be dead; and the other half it seems as if he must have been dead for a long time and I've had this horrible dull ache ever since."

Diana did not quite understand. Marilla's impassioned grief, breaking all the bounds of natural reserve and lifelong habit in its stormy rush, she could comprehend better than Anne's tearless agony. But she went away kindly, leaving Anne alone to keep her first vigil with sorrow.

"혼자 있고 싶다고 말해도 오해하지 않았으면 좋겠어. 나는 괜찮

아. 이 일이 일어나고 한순간도 혼자 있지 못했어. 그래서 혼자 있고 싶어. 침묵 속에서 조용히 매튜 아저씨의 죽음을 받아들이고 싶어. 도저히 현실로 느껴지지가 않아. 절반쯤은 매튜 아저씨가 죽었을 리 없다는 심정이고, 또 절반쯤은 돌아가신 지 까마득하게 오래되었고 나는 이 끔찍하고 둔한 아픔을 내내 앓고 있는 것 같아."

다이애나는 잘 이해할 수가 없었다. 마릴라의 격정적인 슬픔은 타고난 자제심과 평생에 걸친 습관의 경계를 뚫고 폭풍처럼 터져나왔다. 앤의 눈물 없는 고통보다 차라리 마릴라를 이해하기가 쉬웠다. 하지만 다이애나는 앤이 슬픔에 젖어 밤을 지새울 수 있도록 혼자 두고 선선히 물러갔다.

'can't be dead'에서 'can not'은 추측의 조동사로 쓰이는데 '…일 리가 없다'는 뜻이다. 'natural'은 '자연의'라는 뜻도 있지만 '타고난'이란 의미도 있다. 'reserve'는 '저수지'라는 뜻이기도 한데, 여기서는 마릴라의 성정이 감정을 밖으로 표현하지 않고 속에 쌓아둔다는 의미로 쓰였다. 'natural reserve'를 사전에서 찾아보면 타고나기를 말이 없게 태어났다고 번역된 예문을 볼 수 있는데, 그보다는 감정을 저수지처럼 모아두고 밖으로 표출하지 않는다는 뜻으로 읽는 게 맞다.

죽음은 살아남은 자의 몫이라고들 한다. 죽은 이는 죽은 것으로 끝이고, 그 죽음 이후의 절차들을 처리하고 그 죽음에 의미를 부여하는 것은 살아 있는 이들의 몫이다. 또한 죽음 이후의 슬픔과 상실, 고통 역시 살아 있는 자의 몫이다. 그래서 장례식은 살아 있는 이들이 삶을 다시 재편하는 자리이기도 하다. 앤과 마릴라는 친구들과 이웃들의 도움을 받아 매튜의 장례식을 치른다.

마릴라는 격한 슬픔을 드러내며 울지만, 앤은 둔한 아픔만 느낄 뿐 울 수가 없다. 슬픔을 표현하는 방식은 사람마다 다르다. 즉각적으로 감정을 터뜨릴 수 있는 게 때로는 축복처럼 보일 때도 있다. 울 수 있기 전까지는 비극을 납득할 수 없기 때문에 슬픔은 또아리 튼 뱀처럼 속을 그냥 갉아먹기 마련이다. 앤은 그래서 슬픔을 슬퍼하고 싶다며 혼자 있고 싶다고 청한다.

다음 날 아침 앤은 운다. 마릴라가 위로해주러 오자 앤은 마릴라에게 이렇게 말한다.

"Oh, just let me cry, Marilla," sobbed Anne. "The tears don't hurt me like that ache did. Stay here for a little while with me and keep your arm round me—so. I couldn't have Diana stay, she's good and kind and sweet—but it's not her sorrow—she's outside of it and she couldn't come close enough to my heart to help me. It's our sorrow—yours and mine. Oh, Marilla, what will we do without him?"

"We've got each other, Anne. I don't know what I'd do if you weren't here—if you'd never come. Oh, Anne, I know I've been kind of strict and harsh with you maybe— but you mustn't think I didn't love you as well as Matthew did, for all that. I want to tell you now when I can. It's never been easy for me to say things out of my heart, but at times like this it's easier. I love you as dear as if you were my own flesh and blood and you've been my joy and comfort ever since you came to Green Gables."

"아, 그냥 울게 해주세요, 마릴라." 앤이 흐느꼈다. "눈물은 울지 못하는 아픔만큼 힘들지 않아요. 절 품에 안고 잠시 여기 있어주세요. 다이애나에게 있어달라고 하지 못했어요. 다이애나는 친절하고 상냥하지만, 이건 다이애나의 슬픔이 아니니까요. 다이애나는 이 슬픔에서 외부인이에요. 저를 도울 수 있을 만큼 제 심장에 가까이 올 수 없어요. 이건 우리의 슬픔이에요. 아주머니와 저요. 아, 마릴라, 매튜 아저씨 없이 우리는 어떻게 살죠?"

"우리에게는 서로가 있잖니, 앤. 네가 여기 없다면, 네가 오지 않았다면 나는 어찌할지 몰랐을 것 같구나. 아, 앤. 내가 그동안 엄격하고 무섭게 군 건 아는데, 매튜만큼 너를 사랑하지 않아서 그런 거라고 생각하면 안 돼. 이제 말할 수 있으니 해야겠구나. 내 마음을 열어 보이는 일이 내게는 쉽지 않았단다. 하지만 이런 때에는 쉬워지는구나. 나는 너를 내 피붙이처럼 사랑해. 너는 초록 지붕 집에 온 이후로 쭉 내 기쁨과 위안이었단다."

'flesh and blood'는 직역하면 '살과 피'로 '혈육', 즉 '피붙이'라는 뜻이다. 영어에서는 주로 자식을 지칭할 때 사용한다. 매튜가 떠난 자리에서 이렇게 마릴라는 처음으로 자신의 애정을 표현한다. 이게 남은 이들이 삶을 재편하고 서로의 유대를 다지는 방법 중 하나이다. 죽음의 의미는 산 자들 사이에 이렇게 남는다. 소중한 것을 소중하다고 말할 수 있게 된 것, 이게 매튜의 죽음이 마릴라에게 남기고 간 의미이다.

Two days afterwards they carried Matthew Cuthbert over his homestead threshold and away from the fields he had tilled and the orchards he had loved and the trees he had planted; and then Avonlea settled back to its usual placidity and even at Green Gables affairs slipped into their old groove and work was done and duties fulfilled with regularity as before, although always with the aching sense of 'loss in all familiar things.'

이틀 뒤 사람들은 매튜 커스버트의 시신을 집 문턱을 넘어 그가 경작했던 들판과 그가 사랑했던 과수원과 그가 심었던 나무들에서 멀리 떨어진 곳으로 운구했다. 애번리는 평상시의 평온함으로 되돌아갔고 초록 지붕 집에서도 일상이 이전의 리듬으로 돌아갔다. 이전과 같이 할 일은 하고 해야만 하는 일들은 규칙적으로 완수되었다. 비록 '친숙한 모든 것에서 느껴지는 상실'은 줄곧 아픔으로 남았지만 말이다.

'settle'은 '정착하다', 즉 '안전하게 자리 잡는다'는 뜻인데 감정이 가라앉는 것도 'settle down'이라 말하고, 실제 어딘가에 물리적으로 자리를 잡는다는 뜻일 때에도 이 표현을 쓴다. 'settle back'은 그래서 이전의 평온함으로 다시 안정되게 돌아간다는 뜻이다. 'groove'는 파인 홈을 말하는데, LP 음반에 파인 홈을 따라 오디오의 침이 빙빙 도는 모습을 떠올리면 왜 'slip into old groove'가 '자연스럽게 이전의 리듬으로 돌아가다'라는 의미가 되는지 이해가 될 것이다.

상실의 슬픔과 아픔은 격렬하게 표현을 했든 못 했든 살아남은 이들의 삶에 흔적을 남긴다. 이는 피는 멎었으나 아물지 않은 상처를 안고 사는 것과 같아서, 이전의 친숙한 일상으로 돌아와서도 어느 순간 불현듯 아픔을 느끼게 된다. 앤은 슬픔이 잦아드는 와중에도 기뻐하거나 즐거워하는 것이 매튜에 대해 진실하지 않은 것 같아 죄책감을 느낀다고 앨런 부인에게 토로한다. 그러자 앨런 부인은 매튜는 떠났지만 살아 있을 때 앤이 행복해하는 걸 보고 싶어했듯이 떠나서도 그런 모습을 보고 싶어할 거라고 위로해준다.

그렇게 앤은 마릴라와 둘이 남는다. 마릴라가 눈이 나빠져서 혼자서는 바느질도 잘 못하게 되는 바람에 안경을 맞추러 읍내에 다녀와야 한다는 말을 앤은 묵묵히 듣고 있다. 그러다 문득 마릴라가 지난 주말에 교회에서 길버트를 본 이야기를 하면서 그가 아버지를 닮아 잘생겼다고 말한다. 그러면서 과거에 자신이 길버트의 아버지 존과 로맨스가 있었다고 알려준다.

"We had a quarrel. I wouldn't forgive him when he asked me to. I meant to, after awhile—but I was sulky and angry and I wanted to punish him first. He never came back—the Blythes were all mighty independent. But I always felt—rather sorry. I've always kind of wished I'd forgiven him when I had the chance."

"우리는 다퉜단다. 나는 그가 용서해달라고 청했을 때 용서하지 않았어. 시간이 지나면 그럴 작정이었지. 하지만 나는 못마땅하고 화가 나서 먼저 그를 벌주고 싶었단다. 그런데 그는 다시 돌아오지 않았어. 블라이드 집안 사람들은 다들 어찌나 자존심이 강한지 몰라. 하지만 난 뭐랄까 그에게 늘 미안했단다. 그럴 수 있었을 때 그를 용서했으면 얼마나 좋았을까 늘 생각했지."

전 세대가 풀지 못한 매듭에 대한 후회를 하면 다음 세대는 같은 후회거리를 만들지 말자는 생각을 하게 되는 것 같다. 어른이 된다는 것이 곧 모든 일을 후회 없이 잘한다는 뜻은 절대 아니지 않은가. 다만 후회되는 일들을 돌아보며 다음 세대는 같은 후회를 하지 말라고 솔직하게 말해주는 것이 어른이 어른다워지는 일이 아닐까 싶다. 길버트와 맺힌 것을 풀지 못하는 앤에게 마릴라는 그렇게 자신이 후회하는 일을 일러주며, 앤은 다른 방향으로 가라고 넌지시 밀어준다.

38

God's in his heaven, all's right with the world

하느님은 하늘에 계시고 세상은 평안하네

마릴라는 안과 의사를 만나고 와서 우울해한다. 지금처럼 계속 눈을 쓰다가는 눈이 완전히 멀게 될 거라는 진단을 받았기 때문이다. 독서나 바느질은 물론 눈에 부담이 가는 활동은 전부 그만두라는 말을 듣고 마릴라는 몹시 울적하다.

When Marilla had eaten her lunch Anne persuaded her to go to bed. Then Anne went herself to the east gable and sat down by her window in the darkness alone with her tears and her heaviness of heart. How sadly things had changed since she had sat there the night after coming home! Then she had been full of hope and joy and the future had looked rosy with promise.

Anne felt as if she had lived years since then, but before she went to bed there was a smile on her lips and peace in her heart. She had looked her duty courageously in the face and found it a friend—as duty ever is when we meet it frankly.

마릴라가 저녁을 먹자 앤은 마릴라를 달래 잠자리에 들게 했다. 그러고 나서 앤은 자신의 동쪽 지붕 방으로 가 깜깜한 창가에 혼자 앉아 무거운 마음으로 눈물을 흘렸다. 집으로 돌아와 이 자리에 앉았던 밤 이후로 상황은 얼마나 슬퍼졌는가! 그때는 희망과 기쁨으로 가득 차 있었고 미래는 약속으로 빛나며 장밋빛이었다. 그 이후 몇 년의 세월을 살아버린 기분이었다. 하지만 잠자리에 들기 전 앤의 입술에는 미소가 떠올랐고 심장에는 평화가 깃들었다. 앤은 자신이 해야 할 일을 용기 있게 정면으로 마주 보고 운명과 친구가 되었다. 운명과 정직하게 만나면 언제나 친구가 될 수 있는 법이니까.

'lunch'는 여기서 '저녁식사'라는 뜻으로 쓰였다. 얄궂게도 'dinner'는 과거에 점심이었고 'lunch'는 원래 귀부인들의 (늦게 일어나 먹는) 가벼운 식사를 가리키는 말이었다가, 남자들도 함께하는 식사가 되었다가, 더 늦은 저녁을 가리키는 말로도 쓰였다가, 이후 산업화가 되며 출근하는 공장 노동자들과 20세기 들어 회사에 출근하는 이들의 식사를 부르는 말로 바뀌며 앞으로 당겨져 '점심'이 되었다. 'dinner'와 'lunch'의 이러한 변천사를 따라가다

보면 한편으로 재미있기도 하다.

'look something in the face'는 '정면으로 목적어를 마주하다'라는 뜻이다. 비슷한 용법으로 'look someone in the eye'라고 하면(eye는 반드시 단수형) 누군가와 눈을 맞추며 똑바로 쳐다보는 걸 말한다.

앤은 매튜가 죽고 마릴라가 혼자 남은 후 시력까지 약해진 모습을 보자 고민하다가 이제 어떤 결심을 하고 편안히 잠든다.

어느 날 오후 새들러 씨가 집에 찾아온다. 앤이 마릴라에게 그 사람이 왜 찾아왔는지 묻자 마릴라는 초록 지붕 집을 팔려 한다고 말한다. 눈도 잘 보이지 않게 된 마당에 혼자 농장을 꾸려갈 자신이 없었던 것이다. 그러자 앤은 절대 초록 지붕 집을 팔지 말라고 말리고는 자신이 레드먼드대학 진학을 포기하고 근처 학교에서 아이들을 가르치면서 초록 지붕 집에 남겠노라고 말한다. 애번리 학교가 가장 좋지만 이미 길버트가 계약하기로 했으니, 카모디 학교에서 가르치면 자주 들릴 수 있다면서 말이다. 마릴라는 앤이 그렇게 희생해선 안 된다고 말한다.

"Nonsense!" Anne laughed merrily. "There is no sacrifice. Nothing could be worse than giving up Green Gables—nothing could hurt me more. We must keep the dear old place. My mind is quite made up, Marilla. I'm NOT going to Redmond; and I AM going to stay here and teach. Don't you worry about me a bit."

"무슨 소리세요." 앤이 즐겁게 웃었다. "희생하는 거 아니에요. 초록 지붕 집을 포기하는 것보다 더 나쁜 일은 없어요. 제게 그것보다 더 상처가 되는 일은 없다고요. 우리는 이 소중한 옛집을 지켜야 해요. 전 결심했어요, 마릴라. 전 레드먼드대학에 안 가요. 여기 머물면서 아이들을 가르칠 거예요. 제 걱정은 조금도 하지 마세요."

앤은 마릴라에게 자신의 생각을 계속해서 이야기한다.

"When I left Queen's my future seemed to stretch out before me like a straight road. I thought I could see along it for many a milestone. Now there is a bend in it. I don't know what lies around the bend, but I'm going to believe that the best does. It has a fascination of its own, that bend, Marilla. I wonder how the road beyond it goes—what there is of green glory and soft, checkered light and shadows—what new landscapes—what new beauties—what curves and hills and valleys further on."

"제가 퀸스를 졸업했을 때는 제 미래가 눈앞에 곧은길로 쭉 펼쳐져 있는 것 같았어요. 그 길을 따라가면 많은 이정표들을 만날 수 있을 것 같았죠. 그런데 지금 보니 모퉁이에 이르렀네요. 모퉁이를 돌아가면 무엇이 있을지 모르겠어요. 하지만 최고의 것이 기다리고 있을 거라 믿기로 했어요. 모퉁이 길은 그 자체로 멋지잖아요, 마릴라. 그 너머로 이어진 길이 어디로 향할지 궁금해요. 푸른 영광과 부드러운 체크무늬 빛의 음영이 있을지, 새로운 풍경이 펼쳐질지, 어떤 굽은 길과 언덕과 계곡이 이어질지 궁금해요."

'the best does'에서 'does'는 'lies around the bend'를 받는 대동사이다. 모퉁이를 돌아가면 최고의 것이 있을 거라는 뜻이다. 계획했던 미래에 차질이 생겨서 목표로 하던 목적지로 단번에 가지 못하고 돌아가야 하는 일이 생겼을 때 앤이 여기서 한 말을 떠올려보면 좋을 것이다. 삶이 꼭 계획대로만 펼쳐지지는 않기 때문이다.

마릴라는 앤의 계획에 반대하다가 이내 승복한다. 앤이 있으면 농장을 팔 필요 없이 일꾼을 고용해서 일을 하며 지킬 수 있다는 것을 알기 때문이다. 이 소식이 애번리에 퍼진 어느 날 저녁, 린드 부인이 앤을 찾아와 길버트가 애번리 학교와의 계약을 철회하고 화이트샌즈의 학교와 계약했다는 사실을 알려준다. 그리로 가면 하숙을 해야 하는데도 그 불편함과 손해를 무릅쓰고 애번리 학교에서 앤이 가르치도록 양보한 것이다. 앤은 망설이다가 자신이 애번리 학교에서 가르치기로 한다. 앤이 다이애나를 만나러 나가는 것을 보고 린드 부인이 말한다.

"There's a good deal of the child about her yet in some ways."

"There's a good deal more of the woman about her in others," retorted Marilla, with a momentary return of her old crispness.

"어떤 면에서는 앤에게 여전히 어린아이 같은 구석이 많군요."

"다른 면에서는 어른 같은 구석도 많아요." 마릴라가 반박했다. 잠시 평소의 딱딱한 성정이 돌아오는 듯했다.

'something special about her'라고 하면 보통 '그 여자에게는 뭔가 특별한 것이 있다'라는 의미이다. 'about someone'과 함께 사람의 성정을 나타내는 표현이 나오면 이렇게 번역하면 된다.

다음 날 저녁 매튜의 무덤에 다녀오는 길에 앤은 길버트와 마주친다. 조용히 인사하고 지나가려는 길버트에게 비로소 앤은 말을 걸며 손을 내민다. 진작부터 용서했다는 말을 하고 싶었다며 자신의 진심도 전한다. 길버트도 앤과 좋은 친구가 될 수 있을 거라고 말한다.

"We are going to be the best of friends," said Gilbert, jubilantly. "We were born to be good friends, Anne. You've thwarted destiny enough. I know we can help each other in many ways. You are going to keep up your studies, aren't you? So am I. Come, I'm going to walk home with you."

"우리는 정말 최고의 친구가 될 수 있을 거야." 길버트가 기뻐하며 말했다. "우리는 좋은 친구가 될 운명이야, 앤. 네가 오랫동안 운명을 피해왔지만. 우리가 많은 면에서 서로를 도울 수 있다는 거 알아. 넌 계속 공부를 할 거지? 나도 그래. 자, 이제 집까지 데려다줄게."

'born to be …'는 '…하도록 태어난'이란 뜻, 즉 운명이라는 뜻이다. 누군가가 나를 자신의 친구가 될 운명이라고 생각해준다는 건 대단한 일인 것 같다. 'keep … up'은 '…이 쳐지지 않게 계속 일정 상태를 유지하는 것'을 말한다. 여기서는 공부를 손에서 놓지 않는다는 뜻으로 쓰였다.

둘은 초록 지붕 집 입구에서 족히 30분을 이야기하고, 마릴라는 그 모습을 흡족하게 바라본다. 그날 밤 앤은 자신의 방 창가에 다시 앉는다. 이번에는 기쁜 마음으로.

Anne's horizons had closed in since the night she had sat there after coming home from Queen's; but if the path set before her feet was to be narrow she knew that flowers of quiet happiness would bloom along it. The joy of sincere work and worthy aspiration and congenial friendship were to be hers; nothing could rob her of her birthright of fancy or her ideal world of dreams. And there was always the bend in the road!

"God's in his heaven, all's right with the world," whispered Anne softly.

앤의 세계는 퀸스에서 집으로 온 날 여기에 앉았던 그 밤 이후 좁아졌다. 하지만 발 앞에 놓인 길이 좁아졌다고 해도 앤은 고요한 행복의 꽃들이 그 길을 따라 피어나 있다는 것을 알고 있었다. 진심 어린 노동의 기쁨과 가치 있는 열망과 정다운 우정이 앤의 몫이었다. 그 어떤 것도 앤에게서 환상 혹은 이상적인 세계를 꿈꿀 타고난 권리를 앗아갈 수 없을 테니까. 그리고 길에는 늘 모퉁이가 있지 않은가!

"하느님은 하늘에 계시고, 세상은 모두 평안하네." 앤이 나직하게 속삭였다.

'close in'은 어떤 것이 좁혀 들어온다는 뜻으로 사용된다. 어떤 것이나 사람에게 그렇게 거리를 좁혀 가까이 온다고 할 때는 'close in on something/someone'이라고 한다. 'sincere'라는 단어는 우리나라 사람들이 자주 틀리게 쓰는 단어 중 하나인데, 절대로 부지런하거나 근면하다는 뜻의 '성실한'이란 의미로 쓰이지 않는다. 차라리 '신실한'이란 뜻에 더 가까운 것 같다. 예를 들어 기독교를 열심히 믿고 열정을 바칠 때 'sincere Christian'이라고 하는데 'sincere'는 딱 그런 뜻이다.

앤은 삶의 길에서 예기치 않았던 슬픈 모퉁이와 기쁜 모퉁이를 둘 다 지나, 이제 어떤 모퉁이든 그 모퉁이 너머에 있는 일을 고요하게 기다리는 마음이 생긴 듯하다. 삶의 풍경이 새겨지는 마음속의 지도는 어떤 눈으로 바라보느냐에 따라 달라진다는 것을 이제 알기 때문이다.

앤은 그런 마음가짐으로 19세기 영국의 시인 로버트 브라우닝의 시 한 구절을 조용히 읊조린다. 「피파가 지나간다(Pippa Passes)」의 첫 구절이다.

The year's at the spring	때는 봄
And day's at the morn;	날은 아침
Morning's at seven;	아침 일곱 시.
The hill-side's dew-pearled;	산허리에는 이슬이 맺히고,
The lark's on the wing;	종달새는 날고,
The snail's on the thorn:	달팽이는 가시나무를 기어가고,
God's in his heaven—	하느님은 하늘에 계시고
All's right with the world!	세상은 모두 평안하네!

삶이 선택인지 운명인지는 잘 모르겠다. 하지만 어느 순간 지나온 시간들을 돌아볼 때 우리는 그런 느낌을 느낀다. 이 순간에 이르기까지 거쳐온 모든 것들이 다 지금의 나를 만들기 위해 맞아

떨어지는 조각들 같다는 그런 느낌. 고통과 슬픔조차도 '아, 그럴 만했구나' 혹은 '아, 그럴 수밖에 없었구나' 그렇게 고개를 끄덕이게 된다. 하느님이 하늘에 계시고, 세상은 모두 평안하다는 느낌은 그럴 때 찾아온다.

앤이 세상을 긍정하는 내면의 빛을 가진 어른으로 자란 것처럼, 우리도 그렇게 성장할 수 있다. 날아다니는 종달새와 기어다니는 달팽이까지 내다보는 시선이 있으면 된다. 자기 속의 늪에 빠져 고개를 박지 않고, 고개를 들고 세상을 내다보는 시선이 있으면, 내면의 어린아이에 붙들려 괴로워하는 일을 그만하고 내면의 어린아이를 안아줄 수 있다. 작은 어린이의 마음에서 크고 넓은 바깥 세계로 걸어나오면 된다. 그리고 우러러보고 내다보는 마음이 있으면, 우리는 앤처럼 잘 클 수 있으리라 믿는다.

아직 갈 길이 많이 남았지만, 마음속에 사랑의 중심 좌표를 가진 이는 세상 어디를 가든 더 이상 외롭게 세상을 살지 않을 것이다. 인생의 길모퉁이를 돌아 앤처럼 희망의 발걸음을 내딛는 모두에게 응원의 박수를 보낸다.

빨강 머리 앤과 함께하는 영어

1판 1쇄 2021년 3월 19일
1판 2쇄 2022년 10월 25일

지은이 조이스 박
펴낸이 김정순
책임편집 허정은 허영수 황현주
디자인 김진영
마케팅 이보민 양혜림 정지수

펴낸곳 (주)북하우스 퍼블리셔스
출판등록 1997년 9월 23일 제406-2003-055호
주소 04043 서울시 마포구 양화로 12길 16-9(서교동 북앤빌딩)
전자우편 editor@bookhouse.co.kr
홈페이지 www.bookhouse.co.kr
전화번호 02-3144-3123
팩스 02-3144-3121

ISBN 979-11-6405-091-8 03840